girlie mit Herz ♡

Bisher in der girlie Reihe erschienen,
siehe auch im Anhang des Buches:

1, 2, 3 - fertig ist die Liebeshexerei
Der Spielmann
Der Spiegel
E-Mail von Mr Right
Hallo Zaubergirl!

Zum Inhalt:

Ricarda und Vanessa gehen in die gleiche Klasse. Vanessa ist die Tochter wohlhabender Eltern, gut in der Schule, sportlich, beliebt und jedes Wochenende unterwegs zu irgendwelchen Feten. Ricarda, Tochter einer alkoholkranken Mutter, arbeitet neben der Schule in einer Pommes-Bude. Ihr Traum: Fotografin mit eigener Kameraausrüstung.

Ricarda hält Vanessa für oberflächlich und rümpft über sie die Nase. Vanessa hält Ricarda für langweilig und beachtet sie nicht weiter. Und dann passiert es: Ricarda hat einen Unfall und wacht als Vanessa wieder auf. Auf einmal ist nichts mehr so wie es war. Ricardas Leben steht Kopf!

Nun heißt es: schauspielern! Und sich dabei nicht erwischen lassen. Aber das ist einfacher gesagt als getan, denn wie verhält man sich bei den Eltern? Oder bei den Freunden? Oder in der Schule?

Hallo Zaubergirl!

Astrid Seehaus

Schriftstellerin

Seit 2003 hat **Astrid Seehaus** 13 Bücher im Undine Verlag veröffentlicht. Das Buch *Hallo Zaubergirl!* aus der girlie-Reihe ist ihr 14. Buch.

Astrid Seehaus liebt ihren Garten, Tiere und Reisen. Mehrere Monate im Jahr verbringt sie im Ausland und entwickelt neue Geschichten. Momentan arbeitet sie an einer Mädchenbuch-Reihe, die u.a. in Australien, Indien und in Europa spielt.

Jan Siggel

Grafiker

Jan Siggel ist ein gefragter Illustrator für Kinderbücher und Zeichentrickfilme. Er arbeitet erfolgreich u.a. für Fernsehen und Verlage im In- und Ausland.

Seit 2004 zeichnet **Jan Siggel** für den Undine Verlag und illustriert mit frechem Strich die gefragte girlie Reihe. Neben den Covern der Mädchenbücher hat er auch das Erfolgsbuch *Pucki lässt das Zaubern nicht* illustriert.

Hallo Zaubergirl!

von

Astrid Seehaus

Undine

Unter Drogen findet man nicht sich selbst,
sondern nur einen Schatten seiner selbst.

Konstantin Wecker

Hallo Zaubergirl!
Astrid Seehaus
ISBN 978-3-940002-04-4

Text: Astrid Seehaus
Illustration: Jan Siggel
Umschlaggestaltung: RoSe@Design

Mit herzlichem Dank an Konstantin Wecker
für die Erlaubnis zu diesem Zitat.

www.undine-verlag.de
info@undine-verlag.de

Undine, PF 1430, 37107 Duderstadt
Telefon 036071 - 9 15 66

Ein dickes Danke ...

An dieser Stelle möchte ich folgenden Schülerinnen des St. Josef Gymnasiums Dingelstädt/Eichsfeld für ihr Engagement herzlichst danken.

Ihr habt mein Buch *Hallo Zaubergirl!* mit Herz und Verstand Korrektur gelesen.

In alphabetischer Reihenfolge:
Lena Breuer
Sarah Diegmann
Stephanie Große
Lisa-Marie Kalbhenn
Cindy Krüger
Jessica Lorenz
Anne-Sophie Petri
Lisa Schollmeyer

Fehler, die sich durch nachträgliche Änderungen eingeschlichen haben sollten, liegen in meiner Verantwortung.

Mein besonderer Dank geht an eure engagierte Lehrerin Sibylle Ladwig, die diese Zusammenarbeit ermöglicht hat.

Für V.

Was für ein Morgen!

Ich hätte gleich im Bett bleiben sollen. Dieser Montag war wirklich nicht mein Glückstag. Zuerst verschlief ich, in der Küche kippte ich mir Kaffee über die Jeans und dann riss auch noch der Gurt meiner Schultasche. Als ich aus dem Haus stürmte, prallte ich mit dem alten Jensen zusammen, der seine schlechte Laune mal wieder an dem überfütterten Dackel von Frau Hiller, 1. Stock, ausließ. Ich wusste nicht, was mich mehr nervte: die Ätzwoche mit Vanessa, in der ich mit ihr die Fünfte im Computerraum beaufsichtigen musste, oder dass meine Mutter wieder mal die Nacht nicht nach Hause gekommen war.

Auf der Brücke passierte es: Ich war mit meinen Gedanken woanders, der Fahrradkurier fuhr auf der falschen Seite, es rummste und ich prallte gegen das Geländer. Ich dachte, mein Kopf würde platzen, dann wurde mir schwarz vor Augen. Das Platschen hörte ich schon nicht mehr –

Ich schwebte.

Wie schwerelos.

Unter mir standen Menschen. Sie beugten sich über einen Körper und beschworen ihn.

„Atmung?“

„Flach.“

„Puls?“

„Unregelmäßig.“

Ich begriff, dass es ernst war, konnte mir aber nichts zusammenreimen. Ich war unterwegs gewesen.

Mit dem Bus?

Jetzt fiel es mir wieder ein. Den hatte ich verpasst. Also mit dem Fahrrad! Ich war mit jemandem zusammengestoßen! Mit einem Außerirdischen!

Nein. Quatsch! Mit dem Fahrradkurier.

Ich beobachtete, wie plötzlich Bewegung entstand. Hektisch hantierte man an verschiedenen Geräten. Ich fühlte mich wie von einem schnellen Wirbel erfasst.

Ich wurde in die Tiefe gezogen.

Umgeben von gleißendem Licht wurde ich in eine dünne Röhre gepresst, viel zu eng, um durchzupassen.

Ein Knall.

Dann nichts.

„Oooh Mist!“, stöhnte ich. Mir war schlecht.

Weit entfernt eine Stimme. „Sie wird wach.“

Ich? Wach?

Nein! Nur das nicht!

Ich wollte nicht wach werden, nicht, wenn mir so schlecht war. Ich wollte lieber weiterträumen. Später konnte ich immer noch aufwachen, wenn die Übelkeit abgeklungen war. Als ich das nächste Mal zu Bewusstsein kam, war es bis auf ein kleines Lämpchen dunkel. Ich wusste nicht, wo ich war, stellte jedoch fest, dass es ein Bett war, in dem ich lag. Ich war allein. Die Tür öffnete sich. Jemand kam herein. Ich schloss die Augen und tat, als ob ich schlief. Dieser Jemand blieb an meinem Bett stehen, beugte sich über mich und zupfte an der Decke.

Nachdem die Person das Zimmer verlassen hatte, öffnete ich die Augen wieder. Es war ganz eindeutig. Ich lag in einem Krankenhaus.

Allmählich kam die Erinnerung zurück.

Bruchstücke meines Lebens.

Ich war Ricarda.

17 Jahre.

Schülerin.

Noch ungeküsst.

Alles klar!

Am nächsten Morgen wurde ich von *Dr. Frankenstein* und seinem Gefolge geweckt. Mein Blick ging zur Tür, weil ich auf meine Mutter wartete. Natürlich kam sie nicht. Sie musste wahrscheinlich ihren Rausch ausschlafen. Ich lächelte verkrampft und musterte die Ärzte schlecht gelaunt. Nach dem üblichen Frage- und Antwort-Spielchen gingen sie und ich blieb allein.

Allein in einem Einzelzimmer mit Telefon.

Telefon?

Ich sollte meine Mutter anrufen und ihr sagen, wo ich war. Ich brauchte etwas zum Anziehen und ein neues Fahrrad, falls das alte kaputt war, was es bestimmt war. Meine Mutter und ich hatten momentan keinen guten Draht zueinander. Wir stritten fast nur noch. Wenn ich in Mehmets Dönerbude mehr Geld verdienen würde, wäre ich schon längst ausgezogen und hätte ein eigenes Zimmer.

Gedankenversunken musterte ich meine Hände.

Ich drehte sie hin und her, einmal die Handinnenflächen nach oben, dann wieder nach unten.

Ich betrachtete sie gründlicher.

Konnte das möglich sein, dass man sich an den Unfall erinnerte, doch nicht mehr wusste, wie man gebaut war? Ich zog die Ärmel eines satinierten Nachthemdes hoch, cremefarben mit zartrosa Streifen. Das Nachthemd war mir unbekannt, ich trug sowieso lieber Schlafanzüge. Gerade wollte ich mich wieder dem Studium meiner Arme widmen, als sich die Zimmertür öffnete.

„Hallo Liebling!“, flötete es mir entgegen.

Eine erstklassig gekleidete Frau erschien in der Tür. In Tippelschritten näherte sie sich meinem Bett. Ich schaute interessiert an ihr herunter. Wow, ihre Sandaletten waren echt *très chic!*

Der grauhaarige Herr hinter ihr, sein Aussehen entsprach einer Mischung aus Buchhalter und Deutschlehrer, blickte mich durch ein silbernes Brillengestell an. Und so verbissen wie der guckte, machte er mir Angst.

Ich kannte ihn nicht, weder ihn noch die Frau.

„Mein Liebling“, flötete sie erneut. „Wir haben uns solche Sorgen gemacht. Geht es dir besser?“ Sie setzte sich aufs Bett und betrachtete mich ausgiebig.

Ich starrte sie nur sprachlos an. Wer war diese Frau? Eine Freundin meiner Mutter?

Nein, meine Mutter hatte keine Freundin, die nicht nach Alkohol roch.

Mein Hals war trocken und ich war müde. Schließlich streichelte sie mir über die Wange, murmelte etwas Zärtliches, erhob sich und wandte sich zur Tür.

Auch er stand auf. Bevor er die Tür erreichte, knurrte er: „Darüber reden wir noch.“ Er hätte genauso auch sagen können: *Aus dir mache ich Hackfleisch!* Es hätte nicht unfreundlicher klingen können.

Drei Stunden später fühlte ich mich schon besser. Ausgeruht und putzmunter wie ein Waschbär.

Und nein! Ich hatte nicht vor, noch eine Minute länger in diesem langweiligen Zimmer herumzuliegen. Also schlug ich die Decke zurück und setzte mich schwungvoll auf.

Mein Gott, das hätte ich nicht tun sollen. War mir vielleicht schwindelig! Mein Kopf schmerzte und es fiel mir schwer, überhaupt aufrecht zu sitzen. Ich betrachtete meine Beine.

Seltsam.

Meine Oberschenkel verwirrten mich. Sie sahen klapperdürr aus. Wie Stricknadeln.

Ich riss mich zusammen, stellte mich auf und umklammerte den Stuhl, schleppte mich am Tisch vorbei zur Tür, hinter der ich die Dusche vermutete. Bevor ich mich auf die Toilette setzte, stützte ich mich am Waschbecken ab. Den Spiegel darüber ignorierte ich erst einmal.

Wie ich wohl aussah?

Ob es schlimm um mich stand?

Ob ich eine Narbe auf der Stirn hatte?

Schließlich nahm ich meinen Mut zusammen und blickte mein Spiegelbild an.

Ich weiß nicht, was mein erster Gedanke war. Vor Schreck habe ich, glaube ich, gar nichts gedacht.

Mir stockte einfach nur der Atem.

Danach schluckte ich.

Und dann hörte ich ein Wimmern, das aus Vanessas Mund kam.

Man sollte ja meinen, so etwas gäbe es nur in Romanen oder in Hollywoodfilmen. Ein Mädchen fällt ins Koma und erwacht im Körper eines anderen Mädchens. In Filmen mag das komisch sein und zum Schieflachen. Passierte es einem selbst, war es weder komisch noch zum Lachen. Sondern einfach unrealistisch! So unrealistisch, dass einem niemand glauben würde.

Nachdem ich mich von Vanessas Spiegelbild losgerissen hatte, schleppte ich mich unter die Dusche und ließ mir das Wasser über den Kopf laufen in der Hoffnung, dass ich bald wieder ordentlich denken könnte.

Ich musste träumen! Eine andere Erklärung gab es nicht.

Ich duschte so ausgiebig, dass eine Krankenschwester nach einer Stunde an die Tür klopfte und meinte, ich wollte mich doch wohl nicht unter der Dusche ersäufen, oder? Ha-ha-ha!

Vielleicht würde doch noch alles gut werden.

Ich war *Ricarda*.

Ri-car-da!

Keinesfalls durfte ich das vergessen, auch wenn ich Vanessa im Spiegel sah.

Natürlich konnte man nicht einfach den Körper wechseln. Und warum auch? Ich war zwar nicht so schlank wie Vanessa und hatte nicht ihre tolle Figur oder ihr blondes Engelshaar, aber an sich sah ich auch nicht übel aus. Nun gut, vielleicht nicht in letzter Zeit, wo ich zugenommen hatte, aus Frust wegen meiner Mutter, und weil ich mich zu wenig bewegte und zu viel Döner in mich hineinstopfte, aber an sich war ich zufrieden mit mir. Na ja, fast zufrieden … in letzter Zeit war ich sogar ziemlich wenig zufrieden mit mir und meinen schulischen Leistungen, aber … es war *mein* Körper, oder? Und mein Verstand. Und der sagte mir momentan, dass irgendetwas gehörig schief lief.

Ich testete alle Spiegel im Krankenhaus, schlurfte zu allen Toiletten, die über Spiegel verfügten, bis ich (so dramatisch hört es sich nur in billigen Romanen an, aber genau das fühlte ich) der *schrecklichen* Wahrheit ins Antlitz sehen musste:

Ich war Vanessa. Ob ich wollte oder nicht.

Ricarda, das Mädchen mit den tausend Träumen und nur einem Ziel, Fotografin zu werden, war ... war ... weg. Es gab sie nicht mehr. –

Das war geradezu entsetzlich. Das war schier unglaublich!

Ich würde in Zukunft jede Menge Verehrer haben (tröstete mich das? – Nein, nicht wirklich!). Und ich würde verhungern, so dünn wie Vanessa in letzter Zeit war. Die aß ja nie. Und ich würde wahnsinnig werden, jedes Mal, wenn ich in den Spiegel schaute. Und ich würde … was war eigentlich mit mir passiert?

Ich griff zum Telefon und erreichte meine Mutter. Sie war nüchtern. Sie war nicht wirklich eine Trinkerin, so hoffte ich immer noch, jedenfalls konnte sie meistens gut verbergen, dass sie trank. Trotzdem hasste ich es an ihr. Die Veränderung ihrer Persönlichkeit ging schleichend vor sich: Erst hatte sie nicht richtig zugehört, wenn ich ihr etwas aus der Schule erzählte, da sie mit ihren Gedanken woanders war. Was sie antwortete, passte nicht zu dem, was ich gesagt hatte. Jetzt hatten ihre Antworten noch nicht einmal mehr etwas mit dem zu tun, was sie selbst sagte, als ob sie sich selbst nicht hörte. Als ob eine innere Stimme in ihr Nebengeräusche machte und sie aufpassen müsste, nichts davon zu verpassen, denn es könnte ja etwas Wichtiges darunter sein. Ich hoffte, dass sie mit dem Trinken aufhörte. Ich wünschte mir so sehr, dass sie wieder war wie früher, bevor mein Vater uns verlassen hatte.

Da ich mit Vanessas Stimme sprach, musste ich mich verstellen. Ich konnte schlecht tun, als ob ich Ricarda wäre, aber die Auskunft, die ich über mich bekam, war dürftig. Irgendwo lag ich irgendwie im Koma. Na toll!

Mein Leben war bisher wie es eben war: überschaubar, vielleicht ein wenig langweilig (abgesehen von den Aktionen, die ich veranstalten musste, wenn ich meine Mutter wieder einmal irgendwo rauszuboxen hatte), aber geordnet (soweit man es bei einer Mutter wie meiner überhaupt erwarten durfte). Es war bestimmt von der Schule, von den Hausaufgaben, von der Arbeit bei Mehmet in seiner Döner-Fritten-Pizza-Bude. Mehmet war Deutsch-Türke mit italienischer Großmutter und konnte sich einfach für keine kulinarische Richtung entscheiden. Eigentlich konnte er auch nicht kochen.

Ich wollte Fotografie studieren, am liebsten in Amerika, um alle großen Stars abzulichten. Das war mein innigster Wunsch. Vor allen Dingen wollte ich niemals so enden wie meine Mutter. Wie ein abgerissenes Blatt im Wind, mal hierin, mal dorthin getrieben. Und nun war mein Leben, wie ein Blätterhaufen im Sturm, völlig durcheinander. Aber ich durfte mein Ziel nicht aus den Augen verlieren, wenn ich nicht enden wollte wie meine Mutter.

Vielleicht war ich zu ängstlich darauf bedacht, alles richtig zu machen. Vielleicht war ich auch zu ernst oder zu vernünftig. Bei einer Mutter wie meiner blieb auch nichts anderes übrig, als vernünftig zu sein. Ich kam mit der Situation zurecht. Ich hatte keine Freunde. Natürlich nicht. Wie auch? Ich hatte keine Zeit! Ich arbeitete. Ich arbeitete für die Schule. Ich arbeitete bei Mehmet. Und wenn ich nicht arbeitete, träumte ich von einer Karriere als Fotografin. Und sowieso, unter Spaß verstanden die meisten in meiner Klasse doch nur Saufen – meistens jedenfalls.

Vanessa war beliebt, klug und hatte eine Menge Spaß. (Party, Party, Party - klar!) Was natürlich auch nicht schwer war. Sie war mit dem sprichwörtlich silbernen Löffel auf die Welt gekommen.

Während meine Gedanken abschweiften, betrachtete ich meine neuen Füße in den rosa Ballerinas. Nur Vanessa hatte den Mut, rosa und blau zu kombinieren und damit auch noch gut auszusehen. Hätte ich es getragen, ich hätte ausgesehen wie *Schweinchen Babe* und *Dumbo* in einem. Das hob meine Laune nicht gerade.

„Träume ich eigentlich?“, fragte ich die Schwester, die gerade mit dem Tablett hereinplatzte. Eine klitzekleine Hoffnung glühte noch, mich vielleicht doch getäuscht zu haben, und alles wäre einfach nur Einbildung wegen der Gehirnerschütterung, die ich haben musste. (Bei *dem* Zusammenstoß!)

„Nein, Schätzchen. Sie sind vollkommen wach. Und Sie werden nach dem Essen abgeholt.“

„Ich habe keinen Hunger“, murrte ich.

„Sie sollten aber essen. Sie sind viel zu mager.“

Ich sah an mir herunter, vielmehr an Vanessa. Sie hatte Recht. Vanessa war wirklich noch dünner als ich gedacht hatte. Ihre weiten Klamotten hatten es bisher immer verdeckt. Bevor ich jedoch darauf reagieren konnte, öffnete sich die Tür und die Tippelfrau trat ein. Die mit den Sandaletten.

„Ich bin heute allein gekommen“, erklärte sie. „Timmi wollte nicht mit.“

Ich sah sie irritiert an und sie setzte sich neben mich.

„Ach Kindchen.“ Sie tätschelte Vanessas Hand. „Das wird wieder.“

Das wäre schön, dachte ich seufzend und betrachtete die Hand, die sie immer noch hielt. Ich musste versuchen, als Vanessa zu überleben, bis ich meinen Körper wiederhatte. Dabei hoffte ich, dass Vanessa nicht meinen Körper zu Schanden hungern würde, wenn ich/sie/er erwachte. Momentan hing ich am Tropf.

„Was ist eigentlich passiert?“ Ich entzog ihr die Hand und beobachtete missgelaunt, wie sie Vanessas Sachen zusammenlegte und in eine neue (und sehr teuer aussehende) Reisetasche steckte. (Schon allein der Reißverschluss dieser Tasche kostete bestimmt mehr als mir Mehmet am Wochenende für meine Arbeit zahlte.)

„Weißt du eigentlich überhaupt noch irgendetwas von deinem Geburtstag?“, fragte sie mich, während sie weiterhin Kleidung zusammenfaltete, wobei sie so tat, als ob meine Antwort sie nicht interessierte.

Aber ich sah genau, wie sie mich belauerte.

Ich schüttelte den Kopf. Was wusste ich schon von Vanessa?! Nicht viel.

Sie war sportlich. Sportlicher als ich (was nicht schwer war, denn meine einzige sportliche Betätigung bestand darin, einen Bleistift anzuspitzen). Ich vermutete, ihr gehörten mindestens drei Pferde, weil die Redewendung *Auf-einem-hohen-Ross-sitzen* prima zu ihr passte. Sie war stets nach der neuesten Mode gekleidet, ein echtes It-Girl und versprühte mehr Glamour als Paris Hilton. Was sie aber sonst machte? Da hatte ich wirklich keine Ahnung!

„Du hast Tabletten genommen.“

Tabletten? Ich verzog das Gesicht. Vanessa wollte sich *umbringen?* Warum das denn?!

„Sie haben dir den Magen ausgepumpt. Timmi hat dich gefunden. Gerade noch rechtzeitig.“

„Woher wissen Sie das alles. Ich meine, dass Vanessa

sich das Leben nehmen wollte?“ Ich biss mir auf die Zunge, aber die Frage war schneller raus als ich denken konnte. Wie dumm von mir, zu reden ohne vor-her nachzudenken.

Natürlich glotzte sie mich an. Und natürlich war sie genervt. (Wäre ich auch.) „Lass das, Vanessa! Deine Spielchen sind überflüssig. Wir sind allein. Wenn dein Vater hier wäre, verstünde ich dein Getue. Aber dein Vater ist nicht da oder siehst du ihn irgendwo?“

Ich schwieg mich aus. Das Denken fiel mir schwer.

„Lass uns gehen“, sagte sie ungeduldig, raffte Vanessas Sachen zusammen und wandte sich zur Tür.

Ich folgte ihr wie ein Schaf.

Als wir auf dem Weg nach Hause waren, Vanessas Zuhause, kamen wir auch an der Stelle vorbei, an der ich den Unfall hatte. Nichts erinnerte mehr daran und ich fühlte mich wie ein Foto, das man in Schnippsel zerrissen und in den Papierkorb geworfen hatte.

♡

Wenig später standen wir vor der Villa, die Vanessa ihr Zuhause nannte. Ich war überwältigt. Ob man wohl verhungerte, wenn man sich auf den Weg von der Küche zum Wohnzimmer machte? Der Flur dazwischen musste eine fußballfeldgroße Halle sein.

„Ist alles in Ordnung?“, wollte Tippeltante wissen.

„Hübsch“, sagte ich, die ich alles das erste Mal sah und mich genauso benahm.

Sie verdrehte die Augen. „Kaum zu glauben, dass du

hier groß geworden bist. Vielleicht solltest du über eine Karriere als Schauspielerin nachdenken", witzelte sie und hievte die Reisetasche aus dem Kofferraum ihres roten Sportwagens.

Ich bekam Schluckauf und ein Junge schlug mir auf den Rücken.

„Willkommen zu Hause, Schwesterschmerz", sagte er nicht unfreundlich.

Schmerz? Aaah, er meinte Herz. Ich beäugte ihn. Den kannte ich doch. Er ging in die Achte, war der Beste seines Jahrgangs und schon mehrfach von der Schule ausgezeichnet worden für … äh, keine Ahnung.

Ich blickte mich im Park um. Von den Nachbarhäusern keine Spur. Diese großen Bäume und keine Menschenseele weit und breit. Und wenn es dann Nacht wurde, war es bestimmt schrecklich still hier … und einsam ... nur die Sterne und ich und die Überwachungskameras.

Ich bekam eine Gänsehaut.

„Komm, wir gehen die anderen begrüßen."

Welche anderen?, wollte ich aufstöhnen, doch ich konnte mir schon denken, wer gemeint war. Die Familie und das Personal. Na klar! So einen Prachtbau putzte man sicherlich nicht auf eigenen Knien, sondern ließ auf fremden Knien putzen.

Und dann kam mir die Idee – wie ein Blitz aus heiterem Himmel: Ich war hier die Prinzessin!

Prin-zes-sin!

Ich könnte ab heute jeden Tag machen, was ich wollte. Wow!

Und was ich mir jetzt alles leisten konnte!

Eine eigene Kamera! Mit allem Pipapo! Endlich!

Das hier sah nach Kohle ohne Ende aus. Wem würde schon auffallen, wenn ich mir von Vanessas Taschengeld eine Kamera kaufen würde? Oder zwei oder drei oder ein dutzend –

Ich lachte in mich hinein. So eine Chance käme nie wieder.

Im Haus sah ich keine einzige Menschenseele. Ich war allein. Na, wo war denn das ganze Personal geblieben, wenn Prinzessin nach Hause kam? Im Eingangsbereich verlor ich sofort die Orientierung. Ich pfiff anerkennend, hier passte mein Zuhause locker mehrfach hinein. Ich stieg die breite Wendeltreppe hinauf und öffnete die erste Tür. Huuu! Was für ein Badezimmer! Und die vielen Spiegel! Das sah nach Geld aus. Ich schloss die Tür wieder und sah mich neugierig nach weiteren Sensationen um. Plötzlich fühlte ich mich beobachtet. Ich beugte mich über das Treppengeländer.

Zwei Frauen standen dicht nebeneinander und verfolgten jede meiner Bewegungen. Die Tippeltante und ihr Schatten.

Warum sagte denn niemand etwas?

Die nächste Tür, die ich öffnete, war ein Gästeschlafzimmer. Und bevor ich mich der dritten Tür zuwandte, hatte ich die Nase voll und trabte die Treppe wieder hinunter.

Wo war die Küche? Ich hatte Hunger, und zwar nach etwas richtig Ungesundem.

Kaum hatte ich die unterste Treppenstufe erreicht, stürzte eine ältere Dame aus einem Nebenraum auf mich zu. Sie war ausgesprochen energisch und ich schrak zurück. Ohne dass ich wusste, wie mir geschah, schnappte sie sich Vanessas dünnen Arm, an den ich mich immer noch nicht gewöhnt hatte, und zog mich mit sich, schnaufend wie ein alter Drache.

„Was soll das?“, zischte ich.

„Das könnte ich dich fragen, Kind.“ Unbeirrt zerrte sie mich in die Küche.

Na also, ging doch! Das war doch genau der Ort meiner Wünsche.

„So, jetzt setz dich erst einmal, bevor du noch weiter herumirrst, und isst was. Essen ist immer gut. Essen beruhigt Körper und Seele und sowieso bist du viel zu dünn, Kindchen.“

Sie stellte einen Teller Gemüsesuppe auf den Tisch, mit wenig Suppe und viel Gemüse, bedeutete den doppelten Lottchens, uns allein zu lassen, setzte sich mir gegenüber und sah mir beim Essen zu.

Essen hatte bisher stets etwas Beruhigendes für mich. Aber jetzt machte mir Essen einfach nur Angst. Ich starrte auf die Suppe und war augenblicklich satt. Und dann wurde mir übel und ich wollte nur noch allein sein.

Man zeigte mir Vanessas Zimmer und nun saß ich auf dem Bett und wartete. Denken konnte ich nicht mehr. Alles verschwamm zu einer grauen Masse an Fragen: Warum? Weshalb? Und – wieso? (Denken war zur Zeit wirklich nicht meine Stärke. Ich wusste gar nichts mehr.)

Ein Klingeln riss mich aus meinen fortwährend kreisenden und ergebnislosen Betrachtungen. Vanessas Handy. Ich ging dem Geräusch nach und fand es, schlichtweiß, wie alles in diesem Raum, in der Schublade mir *weißer* Unterwäsche. Wenn die Slips nicht vibriert hätten, wäre ich gar nicht darauf kommen, es dort zu vermuten. (Es war genau der Ort, an dem ich zum Beispiel mein Handy *nicht* aufbewahrt hätte.)

„Hallo?", meldete ich mich vorsichtig.

„Na, endlich! Seit *Tagen* versuche ich schon, dich zu erreichen." Eine ungeduldige Stimme bombardierte mich mit Fragen.

Eigentlich hätte mich die Stimme nicht überraschen dürfen. Es war Nicola! Vanessas Freundin.

Nicola war beliebt, unkompliziert, immer gut gelaunt. Jeder mochte sie. Leider war sie nicht meine Freundin. Ich spürte einen feinen Stich von Eifersucht.

„Ähem, hallo Nicki", versuchte ich Vanessas Art zu sprechen nachzuahmen.

„Warum hast du dich so lange nicht gemeldet? Was ist denn los? Seit deinem Geburtstag lässt du dich nicht mehr blicken, verschwindest urplötzlich vom Erdboden, meldest dich nicht, reagierst nicht auf meine Mails. ... Haben wir uns etwa gestritten?"

Hatten sich Vanessa und Nicola gestritten?

„Ich denke nicht", antwortete ich unsicher.

Erleichterung auf der anderen Seite. „Oh, fein."

„Ich muss noch weg", versuchte ich Nicki abzuwimmeln.

„Wir waren gestern verabredet“, schrie sie mir ins Ohr und ignorierte meinen Wunsch, das Telefonat zu beenden. „Hast du das vergessen?! Im *Fabians.*“

Fabians? Uih, sie kamen ins *Fabians?* Man brauchte Beziehungen, um hineingelassen zu werden. Hatte ich jedenfalls gehört. Ich selbst hatte kein Bedürfnis, ins *Fabians* zu gehen, obwohl ich schon ein wenig neugierig war, was denn an dem Club so toll war. Mich fand man am Wochenende bei Mehmet.

„Das tut mir leid, hab ich vergessen.“

„Echt?!“, kreischte Nicola verblüfft. „Ist was mit dir? Du bist so komisch!“

Wie beendete ich dieses Gespräch? Es wurde schwierig. Am besten, ich legte auf. Und das tat ich dann auch.

„Vanessa“, hörte ich es auf einmal von unten rufen.

Ich verließ das Zimmer, nicht ohne mich umzudrehen und mir zu merken, welche Tür zu Vanessas Zimmer führte. Im Flur unten überlegte ich erneut, welche Tür mich zur Stimme brachte.

„Wann kommst du denn endlich?“ Die Tippeltante.

Mir war immer noch schleierhaft, wer nun in welcher Beziehung zu Vanessa stand. Ich konnte nur Vermutungen anstellen. Und wie sollte ich sie alle ansprechen? Papa und Mama? Ich kannte meinen Vater nicht! Und meine Mutter nannte ich Lilly (meine Mutter mochte ihren Namen Alma nicht).

Ich trat durch die Tür, hinter der ich Vanessas Familie vermutete, und blieb wie angewurzelt stehen. Fünf Personen saßen um einen Tisch, auf dem in der Mitte eine Geburtstagstorte stand, sogar mit brennenden Kerzen. Auch der Mann mit Brille saß dort, besser gesagt er *thronte* am Tischende.

Klaviermusik erklang.

Ich drehte mich um. Timmi klimperte irgendetwas. Es klang wie eine Kombination aus *Null-Bock* und *Keine-Ahnung-was-ich-hier-tue*. – Es war wohl das Scheußlichste, was ich jemals gehört hatte, aber es war lieb gemeint und ich versuchte ebenso nett zu sein. Zumal es ja „mein“ Geburtstag war.

„Äh … das war eine großartige Interpretation von *Happy Birthday*“, quälte ich mir ein Lob hervor.

„Das waren die *Four Killers*, du Hirni!“ Bösartig blitzten mich seine Augen an.

Oha! Das war ein Fettnäpfchen. Ich lächelte zuckersüß und hoffte wegen Vanessas Geburtstag auf dicke Geldgeschenke. Das hatte ich auch verdient! War nicht Vanessa der Grund, dass ich in diesem wirklich grandiosen Schlamassel steckte?

Die anderen schauten mich an und der Deutschlehrer fragte streng: „Warum, Vanessa?“

Der Drachen ignorierte ihn und sagte: „Wir freuen uns, dass du wieder zu Hause bist und möchten dir im Nachhinein noch alles Gute zum Geburtstag wünschen.“ Sie erhob ihr Sektglas und wir stießen alle an, wobei mir auffiel, dass in meinem Glas Apfelsaft war.

Kaum war das *Pling* der Gläser verklungen, wiederholte der Deutschlehrer: „Warum?“

Was meinte er? Und dann endlich fiel der Groschen. Er wollte eine Erklärung.

Ich schindete ein wenig Zeit, indem ich mich demonstrativ langsam setzte (so weit wie möglich von ihm weg) und mich schließlich entschied, die Wahrheit zu sagen. Dass Vanessa Schuld hatte. Dass ich völlig ahnungslos in einen … äh, Körpertausch geraten war und … nun … eben die reine Wahrheit … und nichts als die Wahrheit …

Dann, nach einer Weile, weil niemand etwas sagte und mich alle wortlos anstarrten, war ich der Überzeugung, dass die *halbe* Wahrheit auch genügte.

Und als ich in das Gesicht des Deutschlehrers guckte, hatte ich irgendwie vergessen, was ich sagen wollte.

Aber da irgendjemand diese peinliche Stille beenden musste, fing ich beherzt und ohne Sinn und Verstand zu reden an (ich hatte vergessen, dass ich mir vorgenommen hatte, *vor* dem Sprechen zu denken): „Der Arzt hat mir gesagt, dass ich durch mein schockartiges Erlebnis und dem schlechten Gewissen meiner Familie gegenüber eine Amnesie erlitten hätte, äh … ein Gedächtnisverlust … mmmh ja … und … äh, was heißt, ich kann mich an viele Dinge des alltäglichen Lebens, so wie ich hier unter euch gelebt habe, nicht mehr vollständig erinnern. Kurz gesagt, eigentlich kann ich mich an gar nichts erinnern."

„Du kannst dich nicht mehr daran erinnern, dass ich dir noch zwanzig Mäuse schulde?" Timmis Augen glänzten.

„Doch." Ich streckte meine Hand demonstrativ aus. „Und ich möchte das Geld sofort zurück." Die Gelegenheit beim Schopfe packen, nannte man so etwas wohl. Zwanzig Euro! Bei meiner momentanen Finanzlage von etwa zwei Euro fünfzig in Vanessas Rocktasche ein Geschenk des Himmels. „Bitte!"

„Und was bedeutet das?“, fragte die Tippeltante.

Ich starrte verwirrt auf meine Hand und fragte schließlich: „Dass ich mein Geld zurück haben möchte?“

„Vanessa! Das mit der Amnesie.“

Oh! Ja! Die Amnesie! Mein Gedächtnisverlust! Oha!

Ich befeuchtete meine trockenen Lippen und dachte nach. „Es gibt Erscheinungen, so habe ich den Arzt verstanden, die meinen … die besagen … ja also, wie soll ich das nun beschreiben?“

„Versuch es doch einfach mal.“ Das war die Stimme des Drachen.

„Natürlich! Durch eine Amnesie entstehen Erinnerungslücken, die mit Material ausgestopft werden.“ Ich lachte erleichtert auf. Na klar, jetzt hatte ich es. „Es kommt vor, dass das Wissen anderer Menschen in diese Erinnerungslücken hineingerät und fremdgenutzt wird. Das nennt man auch medizintechnisch *Ausfüllen von Lücken durch Fremdmaterial* … äh, so wie man eine kaputte Federkernmatratze mit Stroh ausstopft.“

Timmi prustete los und wurde mit einem strafenden Blick seitens des Deutschlehrers bedacht.

Ich dagegen strahlte und wartete.

War doch eine prima Erklärung, oder?

„Quatsch!“ Das war der Deutschlehrer. Und ich ahnte, dass ihm der Arzt etwas anderes gesagt hatte.

„Ich kann mir das gar nicht erklären. Du warst doch sonst ganz vernünftig!“ Die Stimme von Tippeltante II (die farblose Ausgabe von Tippeltante I, der Schatten), die ich immer noch nicht einordnen konnte.

„Willst du uns auf den Arm nehmen?!“, sagte der

Drachen entrüstet. „Kind, für das, was hier geschieht, gibt es bestimmt eine einleuchtende Erklärung."

Richtig! Und genau diese Erklärung würde mir niemand glauben, daher strahlte ich weiter wie ein Scheinwerfer, während alles in mir nach *ich-muss-hier-sofort-raus!* schrie. Ich werde noch genau zehn Minuten mitmachen, nahm ich mir vor, während ich gedankenverloren mit dem Besteck spielte, dann schnappe ich mir die zwanzig Euro von Bruderherz, die er noch nicht herausgerückt hatte, und gehe ins Zimmer und raff ein paar Klamotten zusammen? Oder tauche ich gleich ab? Mit babyblauem Rock und rosa Ballerinas? Ich war doch nicht bekloppt.

„Vanessa, du hast uns einen großen Schrecken eingejagt", grunzte Papa Deutschlehrer plötzlich und musterte mich streng.

Und wenn schon!

„Da wir der Meinung sind, dass du für dein beispielloses Verhalten zur Verantwortung gezogen werden solltest, werde ich deine Kreditkarte sperren lassen. Und du bekommst Hausarrest."

„Was?", rief ich. Hatte dieser Mensch eine Meise?

Ich nahm ein Stück vom Schokoladenkuchen und schob es in mich hinein. Das machte ich immer, wenn ich Stress hatte, und jetzt hatte ich einen Riesenstress. Dabei schaute ich ihn großäugig an und dachte darüber nach, was ich tun sollte. Meine Gedanken gingen ständig hin und her. Soll ich bleiben? Gehen? Bleiben? Zurück in mein ödes Leben, das so einfach war?

„Du gehst in dein Zimmer!"

Gut, das war wenigstens schon mal ein Vorschlag,

den ich nicht gedachte zu befolgen. Ich sprang auf und sprintete zur Haustür, den Schokoladenkuchen in der Hand und mit vollem Mund … kurzatmig und bereit für den totalen Nervenzusammenbruch.

Wie verblüfft war ich, als farblose Tippeltante mich an der Haustür abfing (sie musste geflogen sein) und mir zuraunte: „Mach es doch nicht schlimmer als es jetzt schon ist. Willst du denn gar nicht erwachsen werden?"

„Wer sind Sie überhaupt?", entfuhr es mir, dabei spuckte ich lauter Kuchenkrümel auf ihre Seidenbluse. Ich fühlte mich zu schwach um zu laufen, und zu schwach, um zu denken: „Lassen Sie mich gehen. Wenn Sie mich auch nur eine Minute länger festhalten, rufe ich die Polizei und zeige Sie wegen Kindesentführung an."

Sie sah mich an, schwieg und fing plötzlich an zu lachen. Sie fasste mich an den Schultern und schob mich zurück ins Haus. Ich war zu entkräftet, mich zu wehren und fühlte mich auch nur noch als halbe Portion. Sogar die Beine schienen zu schwach, um mich die Treppe hinaufzutragen. Irgendwie war ich froh, dass sie mich hielt und mich später, als ich im Bett lag, zudeckte. Wenn mein Kopf vielleicht noch wie Ricarda dachte, so gehörte mein Körper jedenfalls nicht mehr mir.

„Wer sind Sie?" hauchte ich, nachdem mir die Augen zugefallen waren und ich langsam in einen sanften Schlaf hinüberglitt.

„Deine Mutter, du Schafskopf", antwortete sie und schlich sich hinaus.

Am nächsten Morgen brauchte ich eine Weile, um mich daran zu erinnern, was geschehen war. Mir ging es nicht besser als am Tag zuvor. Der Schokoladenkuchen rumorte gewaltig im Magen, jeder Krümel fühlte sich an wie ein Kieselstein. Jetzt endlich wusste ich, wie sich der Wolf von den sieben Geißlein gefühlt haben musste.

„Hier, die zwanzig Euro." Timmi stand vor meinem Bett und hielt mir einen Schein unter die Nase.

Ich grunzte irgendetwas Unverständliches.

„Ich weiß genau, was du gemacht hast."

Mühsam öffnete ich die Augen und musterte ihn. Wovon sprach dieser Knallkopf?

„Hau ab!", grummelte ich und zog mir die Decke wieder über den Kopf.

Er trat wütend gegen das Bett.

„Verschwinde! Ist das deutlich genug?"

„Warum machst du das? Die Polizei war da. Papa hat sich aufgeregt und ist nicht mit mir segeln gegangen. Ich hatte mich so darauf gefreut. Mama ist nur noch ein Nervenbündel und gerade Oma hättest du das nicht antun müssen. Der Arzt ist jede Nacht gekommen, weil sie es wieder am Herzen hat."

„Was geht's mich an?!", schnaufte ich und hoffte, dass er endlich ging.

„Wie kannst du nur so gemein sein! Oma ist so toll und hält immer zu uns. Du bist wirklich blöd!"

„Lass mich in Ruhe!", blökte ich.

„Warum machst du das?", wiederholte er.

Als ob mich das interessierte, was Vanessa machte oder nicht machte.

„Du blöde Kuh!“, schrie er schließlich, als ich nicht reagierte, und knallte die Tür hinter sich zu.

Ich sprang aus dem Bett und wanderte unruhig durch das Zimmer. Was sollte ich jetzt tun? Ich strich nachdenklich über die Dinge, die Vanessa auf dem Schreibtisch liegen hatte. Ihr Notebook, eine Federmappe aus Leder, ein MP3-Player, zwei CDs, eine von *Vienna Teng*, die andere von *Wallis Bird*, mir beide unbekannt, und dann sah ich *sie* im Spiegel … *mich* … nein, *sie*. Vanessa mit blutunterlaufenen Augen. Müde. Dünn. Sie sah fertig aus. Nicht hübsch. Vor allen Dingen nicht lebenslustig. Sie sah aus wie ausgespuckt. Fertig und ausgespuckt.

Die Traurigkeit, die mich plötzlich befiel, schnürte mir die Kehle zu. Um mich abzulenken, ließ ich meinen Blick durch den Raum wandern und stutzte – da war etwas unter der Kommode.

Ein Foto! Halb verborgen unter dem Möbelstück. Natürlich war ich neugierig. Ich zog es hervor und sah das Gesicht eines attraktiven Mannes. Dunkler Typ, schwarzhaarig, aalglatt. Vanessas Freund? Geschmack hatte sie. (Natürlich hatte Vanessa Geschmack.) Ich lehnte das Bild gegen die Schreibtischlampe und schaute es mir eine Weile an. Der Mann auf dem Foto sah gut aus. Trotzdem befiel mich ein mulmiges Gefühl, auch wenn ich keine Ahnung von Jungs hatte. Ich hatte keine Zeit für Jungs, aber manchmal bekam ich in der Schule mit, wie gerade die attraktivsten Jungs ihre Freundinnen am schäbigsten behandelten.

Und dann kam mir die Idee, was mir hinsichtlich dieser Familie weiterhelfen konnte: Vanessas Fotoalbum! Natürlich! Warum war ich nicht gleich darauf gekommen? Ich fand es auch sehr schnell in ihrem Bücherregal und blätterte es durch.

Mit Nicki auf Norderney stand unter einem Bild, das Vanessa und Nicki in enger Umarmung zeigte. Und wieder fühlte ich diesen kleinen Stich von Eifersucht im Herzen. Ich mochte Nicki auch. Dann waren da noch *Mark, Leon, Marvin und Swantje* aus dem Englischkurs. Vanessa beim Tennisspielen. (Ich konnte einen Tennisschläger nicht von einem Küchensieb unterscheiden!). Beim Reiten (wusste ich's doch!). Und beim Golfen (Golf? Kein Problem. Ich hatte mal einen Ferienkurs im Rasenhockey gemacht. Alle waren wir in den Trainer verknallt gewesen und haben uns tierisch angestrengt, die Beste zu sein.)

Ich klappte das Buch wieder zu. Gut, das war's. Ich würde mich jetzt rausschleichen. Ich hatte knapp über zwanzig Euro, würde den nächsten Bus in die Innenstadt nehmen und mich dann irgendwo bei einer Klassenkameradin einnisten. Ich machte mir keine allzu großen Gedanken, ob Vanessa irgendwo ein Bett fand. Das würde sie schon, denn sie war sehr beliebt. Und ich durfte nicht vergessen, mich im Krankenhaus zu besuchen. Wurde aber auch Zeit, dass ich mich darum kümmerte.

Ich zögerte. Es waren Ferien, die meisten waren jetzt im Urlaub.

Na, wenn schon, dachte ich, irgendjemand wird schon zu Hause geblieben sein.

Und wenn nicht?, flüsterte meine innere Stimme. (Ich sollte wirklich nicht denken.)

Dann gehe ich in die Jugendherberge.

Bei zwanzig Euro wirst du nicht lange bleiben können. (Denken war ja so anstrengend.)

Dann jobbe ich bei Mehmet.

Der kennt dich doch gar nicht. (Regelrecht lästig.)

Mann, ich finde schon was.

Und wenn nicht? (Schluss mit Denken!)

Schluss!

Meine innere Stimme schwieg. (Gut so!)

Wer hatte gerade eben mit mir gesprochen? War es Vanessas innere Stimme oder meine gewesen? Und als wer oder was hatte ich geantwortet? Als Vanessa? Oder als Ricarda? War vielleicht die Ricarda nervös, da eigentlich sie keine Freunde hatte? (Mann! Jetzt fing ich schon wieder mit Denken an, und es war fruchtlos.)

Alle hielten mich für Vanessa. Das vereinfachte doch alles. Wenn mich jemand nicht mochte, dann wäre es Vanessa, die abblitzen würde, nicht wahr?

Ach, keine Ahnung!

Ich war durcheinander.

So saß ich eine geschlagene Stunde und quälte mich mit Plänen herum, bis mich Vanessas Bruder aus meinen Gedanken riss. „Du sollst runterkommen."

„Warum das denn?"

„Papa will was von dir."

Ich zog eine Grimasse. Bruderherz zuckte die Schultern. Ich seufzte und folgte schließlich der Anweisung. Von den vielen Türen, die von der Eingangshalle zu den jeweiligen Zimmern führten, stand eine Tür offen. Das war die Tür zu seinem Büro.

„Setz dich!", wurde ich begrüßt.

Er stand hinter dem Schreibtisch und hatte sich zum Fenster gewandt.

Als ich eintrat, sah er mich nicht an. Ohne Einleitung sagte er: „Seit Wochen geht das jetzt schon so. Wenn du so weitermachst, schaffst du dein Abitur nicht." Dann drehte er sich zu mir um und nickte in Richtung eines Ledersessels. „Setz dich endlich!"

Ich setzte mich und beobachtete ihn mit verkniffendem Gesicht. Das war so unerfreulich, sich eine Standpauke abzuholen, die einer anderen galt. Ich war mir nicht sicher, ob ich das hören wollte.

„Ich erwarte von dir ein gutes Abitur. Aber wenn du dir die Nächte um die Ohren schlägst, lässt du mir keine andere Wahl. Ich hatte es ernst gemeint, dir jeglichen Zugang zum Konto zu sperren. Kein Abitur, kein Taschengeld."

„Es sind Ferien", warf ich entrüstet ein. „Abgesehen davon bin ich die beste Schülerin."

„Wirklich? Oder redest du vom Vorjahr? Du hast die Wahl: Zu lernen oder ins Internat."

Ich zuckte zusammen.

Wie sollte ich mich verhalten? Sollte ich wütend aufspringen? Toben? Aus dem Zimmer rennen? Nachgeben? Ich hatte keinen Vater und ich wusste nicht, was von mir erwartet wurde. Wie hätte sich Vanessa jetzt verhalten? Was hätte sie gesagt? Was getan?

„Möchtest du darauf etwas sagen?"

„Nein", presste ich hervor.

Ich führte mir vor Augen, dass Vanessa tatsächlich in der Schule abgesackt war. Sie war nicht mehr die Beste. Ich war es auch nicht, obwohl ich viel für die Schule tat.

Er brummte: „Nun gut. Der Führerschein ist vorerst auf Eis gelegt, ebenso deine Treffen mit deinen Freunden. Keine durchgefeierten Nächte mehr, ich verbiete dir den Ausgang. Die Ferien über bleibst du zu Hause. Ach ja, und über den Urlaub müssen wir noch nachdenken. Du kannst dich im Garten sonnen."

Das war ja wie im Knast, dachte ich, obwohl ich als Ricarda die Ferien genauso verbracht hätte, nur mit dem kleinen Unterschied, dass meine Bräune nicht von der Sonne, sondern vom Bratenfett gestammt hätte.

Er sah mich wortlos an.

„Ist gut", antwortete ich.

Ohne ein Lächeln setzte er sich an seinen Schreibtisch und klappte einen Aktenordner auf. Ich war damit entlassen. Meine Beine zitterten, als ich mich aus dem Sessel erhob, und ich fühlte mich elend. Das alles musste ein Traum sein und ich wollte nach Hause. Und zwar sofort. Ich schaute ihn böse an und ging, Richtung Haustür, wobei er mir im ernsten Ton nachrief: „Ich hoffe, du gehst auf dein Zimmer und lernst."

Pöh, darauf konnte er lange warten! Ich machte kehrt. Gut, dann eben nicht durch die Haustür!

Kaum hatte ich Vanessas Zimmer betreten, stürzte ich zum Bett, riss das Bettlaken herunter und seilte mich aus dem Fenster ab. So wütend und verletzt war ich schon lange nicht mehr. Außer vor dem Fahrradunfall auf meine Mutter, aber Vanessas Vater war ja noch schlimmer. Ich wusste nicht, wie lange ich es noch aushalten würde. Ich musste einfach weg! Dann doch lieber bei Mehmet Hähnchen brutzeln. Wenn auch für wenig Geld, aber ich wäre frei.

So in Gedanken vertieft, stieß ich, kaum hatte ich das Grundstück verlassen, mit einem Fahrradfahrer zusammen. (Hatten es denn alle Radfahrer auf mich abgesehen?)

„Murmel?“, rief ich perplex, als ich den Fahrer erkannte.

„Hallo!“, murmelte Sebastian schüchtern.

„Du kommst mir gerade recht“, sagte ich. „Ich muss in die Stadt.“ Ich schielte Richtung Eingang und hoffte, dass mich niemand sah.

„Steig auf!“ Murmel zeigte auf die Fahrradstange und ich setzte mich. „Willst du shoppen?“, fragte er, als er in die Pedale trat.

Ich lachte. „Nee, jobben.“

„Du willst jobben?“ Er zwinkerte nervös. „Warum das denn? Wolltest du nicht mit deinen Eltern wegfahren?“

Meine Eltern? Was redete Murmel denn da? Wieso meine *Eltern?* Murmel wusste doch, dass ich … äh, ach klar, ich war ja Vanessa.

„So ist es! Und Hausarrest habe ich auch.“

„Da muss es ja mächtig bei euch gekracht haben.“

Dazu sagte ich nichts.

„Und ich dachte …“, er brach seinen Satz ab und zog es vor zu schweigen. Vanessa hatte immer davon geschwärmt, wie gut sie sich mit ihren Eltern verstand. Wäre vielleicht nicht die beste Idee, jetzt darauf herumzureiten.

Wir redeten nicht, bis wir den Kanal erreicht hatten.

Er stoppte sein Fahrrad und ließ mich vor der Eisdiele absteigen.

„Möchtest du ein Eis?“, fragte er mich und ich ließ mich einladen.

Als wir nebeneinander auf den Steinen saßen, unser Eis schleckten und auf das Wasser schauten, sagte er unvermittelt: „Ich habe dich vermisst.“

„Echt?“

„Ich habe bei dir angerufen, aber deine Mutter hat mich abgewimmelt.“

Warum sollte meine Mutter Murmel abwimmeln? Und warum rief Murmel überhaupt bei mir an? Wieso hatte er mich vermisst? Ich lächelte verlegen, während Murmel seine Turnschuhe anstarrte, als ob er sie das erste Mal sähe. Auf einmal fiel es mir wie Schuppen von den Augen. Er war verknallt. Oh mein Gott! Murmel war in mich verknallt. Wieso hatte ich das nie in der Schule gemerkt? Ich versuchte, besonders verführerisch zu lächeln.

„Ricarda wollte sich umbringen.“

WAS! Äh … *WIE?* Mein Lächeln erstarb.

„Ich wollte mich doch nicht umbr –!“, keuchte ich empört, bis ich mich schließlich noch bremsen konnte. „Äh was?“, kiekste ich.

Murmel beobachtete mich neugierig.

„Ricarda wollte was?“, brachte ich mühsam hervor.

Sebastian sog die Luft tief ein und musterte erneut seine Schuhspitzen, als ob er erwarten würde, dass sie gleich mit ihm reden würden. Auch ich sah auf seine Schuhspitzen, bis er schließlich meinte: „Ich hätte das von Ricarda niemals gedacht.“

„Ich auch nicht“, krächzte ich.

„Aus Liebeskummer“, erklärte er.

„Murmel!“, siteß ich entrüstet hervor. „Also ehrlich! Jetzt redest du echten Stuss! Liebeskummer?! Pöh!“ Ich wollte ihm noch sagen, dass ich noch nicht mal verliebt war, aber dann fiel mir das mit dem Denken wieder ein und ich schloss den Mund.

„Genau!“, erwiederte Murmel.

„Genau? ... Hä? Was meinst du damit?“, fragte ich irritiert.

„Gerade Ricarda. So viel Charme wie Stacheldraht. Und wir dachten, sie hätte nur die Schule im Kopf. Und dann ist sie hoffnungslos in Schneider verknallt.“

Stacheldraht? *Schneider? SCHNEIDER?* Unser *Latein*lehrer? Latein war in etwa so sexy wie ein Schottenrock. Wer hatte denn dieses Gerücht in die Welt gesetzt?

„Ist sie *tot?“,* stieß ich entsetzt hervor. War ich in der Zwischenzeit gestorben? Oh mein Gott! Ich war tot?! Mein Körper war tot?! Ich würde nie wieder –? ... Nie wieder in meinen Körper zurück ? – Ein Schluchzen bildete sich in meiner Brust und wollte sich einen Weg nach oben bahnen, als mich Murmel beruhigte, indem er antwortete: „Sie liegt im Koma.“

Puh!

„Nicki hat es mir gesagt.“

Nicki?

„Nicki hat Ricarda im Krankenhaus besucht.“

Nicki hat *was?* Noch nicht mal ich hatte mich im Krankenhaus besucht! Ging auch nicht, ich steckte momentan im Knast für Prinzessinnen.

Murmel wurde unruhig. „Du musst das doch wissen, du bist mit Nicki befreundet."

Ich nickte enthusiastischer als ich mich fühlte. Es galt sich zusammenzureißen. Ich war Vanessa! Von nun an war ich Vanessa (natürlich war ich nicht Vanessa, aber alle anderen dachten, dass ich es wäre) und ich musste mich zurückhalten, wenn über mich, Ricarda, gesprochen wurde.

„Natürlich weiß ich das", heuchelte ich, immer noch erleichtert, dass ich nicht gestorben war. „Ich wusste nur nicht, dass du es auch weißt."

„Nicki und ich, na ja … du weißt ja –"

Nein, wusste ich nicht. Was ging eigentlich alles in meiner Klasse vor? Was hatte ich denn jetzt wieder nicht mitbekommen?

„Warum tust du das?", fragte Murmel plötzlich.

Ich sah ihn verunsichert an. Was meinte er?

Er reagierte nicht auf meinen fragenden Blick.

Das Eis war gegessen, auch wenn nach diesem Gespräch nur ein fader Geschmack zurückgeblieben war. Murmel erhob sich und machte Anstalten zu gehen. Gedankenverloren folgte ich ihm. Das mit der Jobsuche musste später erfolgen, ich fühlte mich schlecht.

An der Kreuzung musste ich mich entscheiden, ob ich zu meiner Mutter nach Hause gehen sollte oder zu Vanessas Familie. Ich wollte Murmel nicht noch mehr verwirren und zu einer wirklichen Entscheidung war ich im Moment auch nicht fähig. Zu viele Gedanken schwirrten in meinem Kopf herum. Also folgte ich Murmel, als er nach links abbog, um mich, Vanessa, nach Hause zu bringen.

„Ich finde seltsam, dass du mich wieder Murmel nennst. Du bist die Einzige aus der Klasse, die immer respektiert hat, dass ich den Spitznamen nicht mag. Und jetzt?“ Er nickte zum Abschied, schwang sich aufs Rad und fuhr davon, ohne sich noch einmal nach mir umzublicken.

Lange sah ich ihm nach. Ich hatte Murmel verletzt. Das hatte ich nicht gewollt. Aber dass er seinen Spitznamen nicht mochte, hatte ich auch nicht gewusst. Ich schien wenig von meinen Mitschülern zu wissen.

Eilig rannte ich zum Haus, um mich ungesehen in Vanessas Zimmer zu schleichen, als die Haustür auch schon aufschwang und Vanessas Vater vor mir stand. „Glaubt unser Fräulein etwa, dass es machen kann, was es will?!“ Er starrte mich an.

Ich starrte zurück.

„Was soll denn das?“, blaffte er.

Der Drachen erschien auf der Bildfläche. „Was ist hier los?“

„Halt du dich da raus, Mutter!“ Und zu mir gewandt in einem noch rüderen Ton: „Sofort in mein Büro!“

Ich sah ihn an, als ob ein Krokodil mit mir spräche.

Im Büro wies er auf einen freien Stuhl. Ich versenkte mich in den Ledersessel, er hinter dem Schreibtisch. Meine Gedanken schweiften ab.

„Das reicht jetzt! Auch mein Verständnis geht einmal zur Neige.“ Er lehnte sich in seinem Bürostuhl zurück.

Ich schwieg.

„Du hast keine Meinung dazu?“

Doch, ich hatte eine, aber ich behielt sie für mich.

Wem würde es nützen, wenn ich ihm sagte, dass er ein arroganter Besserwisser war. Das waren doch keine Gespräche, die er mit seiner Tochter führte, das waren Anweisungen, die seine Tochter auszuführen hatte.

Seine Augen blitzten, als er sich plötzlich über den Schreibtisch beugte. Mit Grabesstimme meinte er dann: „Wir beide wissen, wie es endet, wenn du dich weiter so benimmst."

Wirklich? – Ich wusste es zum Beispiel nicht.

Er lehnte sich wieder zurück. Seine Augen betrachteten mich kalt. „ Du wirst damit aufhören. Und zwar sofort!"

Das reichte. Ich sprang auf. „Ich höre mir das nicht länger an! Ich gehe!"

„Ich hoffe auf dein Zimmer, um zu lernen", sagte er.

„Natürlich! Wohin denn sonst?!", entgegnete ich und rauschte davon.

In Vanessas Zimmer zog ich mich um. Wäre ich doch bloß nicht so müde. Ich fiel ins Bett. Angezogen. Weitere Pläne mussten erst einmal warten. Als es an der Tür klopfte, war ich zu erschöpft, um darauf zu reagieren. Vanessas Mutter kam herein.

„Was ist denn nur los mit dir?"

Wenn du wüsstest, dachte ich bei mir, zu müde, um zu antworten, und zu frustriert, um mir eine Erklärung auszudenken.

„Wir müssten wirklich einmal miteinander reden", sagte sie, aber ich hörte ihre Stimme nur als ein entferntes Rauschen, so wie bei einer schlechten Telefonverbindung. Und dann war ich auch schon in einen tiefen Schlaf hinübergeglitten.

Es war sechs Uhr morgens. Wie die selbstverständlichste Sache von der Welt knotete ich wieder die Laken zusammen und seilte mich aus dem Fenster. Nach dem Studium des Kleiderschrankes hatte ich mich für einen bequemen Jogginganzug aus rosafarbener Ballonseide entschieden.

Als ich wie eine Fahne auf Halbmast hing, hörte ich den Drachen sprechen: „Neben fließend Wasser, einer Heizung und diversen anderen nützlichen Dingen verfügen wir auch über eine Treppe."

Ich blickte nach unten, am Laken hängend wie ein ausgestopfter Affe, und sah sie herausfordernd an. „Sprichst du mit mir?"

„Mit wem denn sonst? Meinst du mit den Geranien?"

„Tut mir leid. Ich wusste nicht, ob ich noch Hausarrest habe."

Ohne weitere Erklärungen verabschiedete ich mich rasch und lief Richtung Innenstadt. Ich sehnte mich nach meinem eigenen Zimmer.

Schon nach kurzer Zeit war ich völlig außer Atem. Meine Beine fühlten sich wie Blei an. Vanessa hatte wirklich überhaupt keine Kondition. Was war nur mit ihrem Körper los? Sie soll Sport getrieben haben? Wahrscheinlich hat das Pferd sie beim Longieren hinterhergeschleift. Warum nur war alles so verdreht und durcheinander? Konnte ich nicht einfach nach Hause gehen und mich dort ausschlafen? Konnte ich nicht wieder ich selbst sein? Konnte nicht alles so sein wie vor dem Unfall? Konnte, konnte, konnte ...

In das Haus zu kommen, war schwieriger als ich erwartet hatte. Meine Mutter machte nicht auf. Von den anderen Mietern öffnete auch niemand. Ich setzte mich auf die Stufen vor der Tür und schlief prompt ein, bis mich Frau Hiller weckte. Vielmehr ihr voll gefressener Dackel Arko, der mich ankläffte und sich benahm, als ob man ihn in parfümiertes Badewasser tunken wollte. Frau Hiller konnte nicht mehr so gut sehen und hielt ihren Dackel zurück.

„Kann ich Ihnen helfen?“, fragte sie mich, während sie versuchte, das Schloss mit ihrem Haustürschlüssel zu treffen.

„Hallo Frau Hiller. Lassen sie mich aufschließen“, bot ich ihr meine Hilfe an.

Sie wunderte sich zwar, dass ich sie kannte, und sie mich nicht, aber ließ mich gewähren. Sie war einer von den netten Mietern. (Abgesehen von ihrem Nervmops auf vier Beinen.)

Endlich stand ich vor meiner Wohnungstür. Ich brauchte jetzt ein Bett und klingelte Sturm. Aber auch das half nichts, meine Mutter war wirklich nicht zu Hause. Stattdessen wurde die Tür auf der anderen Seite des Flurs von einem jungen Mann geöffnet. Sein Gesicht kam mir irgendwie bekannt vor.

„Frau Wedekind ist im Krankenhaus bei ihrer Tochter“, erklärte er.

Wow, war der süß! Wie einer von diesen Surfern aus der Fernsehwerbung. Gab es ihn überhaupt? Oder halluzinierte ich?

Ein Surfer auf einer Treppe?

Waren die nicht eher auf dem Wasser zu finden?

Mir wurde schwindelig, meine Beine gaben nach. Ich hatte tatsächlich weiche Knie. Unglaublich! Ich hatte noch nie weiche Knie, nur weil ein Junge mich ansprach. Blitzschnell fing er mich auf.

„Du hast noch nicht gefrühstückt, stimmt's?“

Ich schüttelte den Kopf. Mir versagte neben meinen Beinen auch noch die Stimme. Ich starrte ihn immer noch wie hypnotisiert an. Ihm schien es nichts auszumachen, dass ich an seinem Hals hing.

„Ich wollte gerade zum Bäcker um die Ecke und ein paar Brötchen holen. Willst du mit uns frühstücken?“

Er stellte mich wieder auf meine wackeligen Füße und ich schwieg. Ihn anstarrend natürlich.

„Okay. Warte hier. Bin gleich zurück.“ Mit breitem Grinsen fragte er: „Croissants oder lieber Brötchen?“

Ich wollte etwas sagen, aber ich bekam nichts heraus. Lachend zog er ab. Und dann überlegte ich fieberhaft, wer er war. Er musste Jensens Enkel sein. Genau! Der im Ausland studiert hatte.

Ich konnte nicht bleiben.

Ich war viel zu kraftlos, um weiter zu schauspielern. Ich musste verschwinden. Schnell! Noch schneller! Am liebsten superschnell sofort in mein Bett.

Erneut klingelte ich Sturm, aber es war sinnlos. Meine Mutter war nicht da und ich hatte keinen Schlüssel. Frühstücken konnte ich mit dem Wahnsinns-Surfer-Typ auch nicht. Nicht in diesem Zustand. Überhaupt nicht in diesem Zustand, denn ich war ja nicht mehr ich selbst. Ich musste hier weg, damit er keine Fragen stellen konnte. Und damit ich ihm nicht in die Augen sehen musste. Es war ein Albtraum! Trotzdem war ich mir nicht sicher, ob ich mich als Ricarda nicht ebenso ungeschickt verhalten hätte.

Wenig später schleppte ich mich mit letzter Kraft die Stufen zur Villa hoch. Vanessas Oma öffnete mir.

„Was machst du denn da unten? Ich dachte, Joggen heißt, dass man auf zwei Beinen läuft, nicht auf vieren." Sie half mir hoch.

„Ich habe absolut keine Kondition", stotterte ich kraftlos. „Ich sollte jeden Tag trainieren."

„Vielleicht solltest du dein Trainingspensum auch nicht gleich um zwei Stunden am Tag steigern."

Ich duschte und zog mich um. Dann ging ich hinunter und durchschritt die Räume. Hier war alles vom Feinsten. Eine Teetasse in diesem Haushalt hätte das Monatstrinkgeld meiner Mutter verschlungen, wenn sie als Kellnerin arbeitete (*wenn* sie überhaupt arbeitete). Sogar die Fotoalben waren nicht nur einfach aus Klarsichtfolie, in die man die Fotos hineinschob, sondern aus Papier mit Goldschnitt.

Und so blätterte ich in ihnen, in einem Raum, den man schwer als Wohnzimmer bezeichnen konnte, da er auf der Wohlfühlskala von eins bis zehn auf minus dreißig gelandet wäre. Es war ein Zimmer wie aus *Schöner Wohnen* mit sehr viel *schön* und wenig *wohnen*. Ein umwerfendes Zimmer, aber absolut ungemütlich, weil es so sauber und ordentlich aussah. Wie alles in diesem Haus.

♡

Das Frühstücksritual verlief durch die Anwesenheit von Erik Winkler, Vanessas Vater (Papa Deutschlehrer), steif wie ein Kleiderbügel. In seiner Gegenwart wirkten die anderen wie eingefroren. Madame Tussauds Wachsfiguren-Kabinett strahlte wahrscheinlich mehr Lebendigkeit aus als diese Familie. Christine Winkler (Vanessas Mutter, Tippeltante II, Schatten und Schwester von Tippeltante I) verblasste in Eriks Gegenwart zu einem Schattenriss, Oma Margot Winkler (Mutter von Erik, Oma von Timmi und Vanessa) widmete sich diversen Gartenbüchern und Timmi Winkler (Bruder von Vanessa) war geistig nicht anwesend. Mehrere Versuche von Christines Seite, ein Gespräch zu beginnen, endeten damit, dass Erik die Nase in die Börsennachrichten steckte und knurrend seine Tasse nach vorne schob. Eine deutliche, wenn auch wortlose, Aufforderung, ihm Kaffee nachzuschenken. Mit knappen Gruß und einem flüchtigen Kuss auf Christines Wange verließ er das Haus. Er hätte auch die Rückenlehne ihres Stuhles küssen können, mehr dürfte sie dabei auch nicht gespürt haben.

Es war nicht mehr am Thema Vanessa und ihre Mätzchen gerührt worden. In dieser feinen Gesellschaft galt das *Nicht*besprechen von Missständen anscheinend schon als ausdiskutiert. Dachte ich, bis Christine mich aufforderte, etwas Geeignetes anzuziehen, sie hätte einen Termin bei einem Therapeuten für mich. Und der würde die Sache schon wieder richten. Ich schrak zurück und verschluckte mich am Kaffee, der mir überhaupt nicht gut bekam. Ich hatte Magenschmerzen.

„Was ist denn das für'n Mist?", polterte ich los und fühlte mich geistig absolut fit.

Christine, die sehr viel Wert auf ein gutes Benehmen legte, blickte mich gereizt an.

Ich sprang vom Stuhl auf. „Ich brauche keine Hilfe. Ich bin strotzgesund."

„*Strotzgesund?*", echote sie. „In welchem Lexikon findet man denn diesen fragwürdigen Begriff?"

„Vanessa!", mahnte Oma.

„Ihr habt doch ein Rad ab!", empörte ich mich.

Timmi kicherte hinter vorgehaltener Hand, ließ aber seine Mutter nicht aus den Augen.

Christine erhob sich mit eiserner Miene. Statt einer Wirbelsäule schien sich ein Betonpfeiler in ihrem Körper zu befinden. Ohne mit der Wimper zu zucken, befahl sie: „Zieh dir etwas Entsprechendes an!"

„Einen Schlafanzug für die Behandlungscoach, oder was?", wütete ich.

Als ich im Park stand und darauf wartete, dass Christine das Auto aus der Garage fuhr, wurde mir bewusst, wie absurd alles war. Ich zog Vanessas Handy aus der Tasche und wählte die Nummer meiner Mutter. Sie musste doch irgendwann zu erreichen sein. Nein, sie nahm nicht ab. Und dann sackte ich zusammen. Fünf Minuten später lag ich auf dem Wohnzimmersofa. Ohne Schlafanzug und ohne Therapeut, dafür mit Familie. Christine wirkte genervt und war dabei so schön wie ein Engel. Vanessa und sie sahen sich wirklich ausgesprochen ähnlich.

Oma Margot hielt meine Hand und meinte besorgt: „Kind, du müsstest einfach mehr essen."

„Sie braucht eine Therapie", zischte Christine.

„Wir sollten Erik Bescheid geben", riet Margot.

„Wir geben niemandem Bescheid. Und schon gar nicht, wenn Vanessa sich wieder aufführt wie eine Primaballerina."

Ich führte mich doch nicht auf wie eine Primaballerina!, dachte ich, aber ich hatte keine Kraft, mich gegen Christines Behauptung zu wehren. Ich gab nach, schlürfte den widerlichen Baldriantee und machte gute Miene zum bösen Spiel.

Beim Therapeuten ging es ernst zu. Ich wurde zusammen mit Christine per Handschlag begrüßt, wobei ich den Eindruck hatte, dass er Christines Hand ein wenig länger hielt als meine. Hinter einem aufgeräumten und blitz-blank geputzten Glastisch, der den Raum eines Billardtisches einnahm, ließ er einen umständlichen Vortrag vom Stapel, wie er gedachte, mir zu helfen. Natürlich vergaß er dabei nicht, deutlich hervorzuheben, dass ohne meine Mitarbeit keine Aussicht auf Erfolg bestünde.

Welchen Erfolg meinte er? Seinen finanziellen?

„Welche Krankheiten behandeln Sie?", fragte ich rundheraus, da ich ihm in seinen Ausführungen nicht folgen konnte. Ich hatte mir vorgenommen, mich natürlich nicht therapieren zu lassen.

„Ich sehe, ein gewisses Interesse ist bei Ihrer Tochter zu spüren." Er spielte mit dem Kugelschreiber und sah Christine wohlwollend an. Er bedauerte wohl, dass nicht sie auf seiner Couch liegen würde.

„Und?“, bohrte ich weiter.
Er blickte mich fragend an.
„Was für ein Therapeut sind Sie?“, wiederholte ich.
„Verhaltenstherapeut.“
„Und wie gedenken Sie, mir zu helfen?“
Ein Lächeln breitete sich auf seinem Gesicht aus und er führte mich in die geheimnisvolle Welt der Verhaltenstherapie ein. Ich verstand nichts.
Er verabschiedete Christine, um mich dann in ruhiger Zweisamkeit zu beobachten. Ich lehnte mich zurück und wartete. Er tat das Gleiche. Schweigend. Ich fühlte mich immer unwohler und fing an nachzudenken. War ich vielleicht wirklich krank? Hatte ich doch den Verstand verloren? Möglicherweise war dieses Zusammentreffen ein Zeichen. Könnte es sein, dass ich doch therapiebedürftig war?
Das Telefon klingelte.
Der Therapeut räusperte sich, nahm den Hörer, blökte ein „Jetzt nicht!“ hinein, schob den Hörer wieder zurück auf die Gabel und sah mich intensiv an. „Vanessa, Sie haben ein Problem, sonst säßen Sie nicht hier. Erzählen Sie doch einfach mal!“
Huch! Das war jetzt aber sehr direkt. Ich überlegte einen Moment. Was wollte so ein Mensch hören? Was sollte ich erzählen?
Ich atmete tief ein und aus und fing einfach an. Ohne nachzudenken. Das konnte ich in letzter Zeit ja besonders gut: reden ohne nachzudenken.
„Sie sonnt sich in ihrem guten Aussehen. Sie weiß immer alles besser. Sie dirigiert alle und jeden herum. Sie ist beliebt, auch wenn sie es nicht verdient hat. Sie

ist eine echte Pest. Sie ist großartig und in allem, was sie macht, ist sie perfekt. Ich bewundere sie und ich hasse sie, weil ich sie nicht bewundern will. ... Ach ja, und sie ist schuld, dass ich hier sitze.“ In diesem Moment war meine Wut auf Vanessa körperlich spürbar. Ich zitterte am ganzen Leib. Tatsächlich war ich furchtbar eifersüchtig auf sie und auf ihr leichtes Leben (was ja gar nicht so leicht war, wie ich nun wusste), und ihr Aussehen und ihren guten Geschmack und dass ich nun sie war und damit nicht umgehen konnte. Weil ich anders war als Vanessa. Ich war die ernste Ricarda, die keiner mochte. Und das machte mich traurig, denn ... denn ich wollte auch so lebenslustig und beliebt sein wie Vanessa.

Der Therpaeut sagte einfühlsam: „Wir alle haben mal das Gefühl, nicht zu genügen.“

Er hatte ja so Recht. Ich fühlte mich unzulänglich und ungenügend. Wenn es bei mir nur nicht ein solcher Dauerzustand wäre.

Als ich die Praxis des Therapeuten verließ, wartete Christine auf mich und ließ mich wissen, dass sie shoppen gehen würde. Ich dürfte sie begleiten. Als ich ablehnte, blickte sie mich ausdruckslos an. War sie enttäuscht? Plötzlich wandte sie sich ab und stolzierte davon. Ja, sie war enttäuscht und verbarg ihre Gefühle hinter einer undurchschaubaren Fassade.

Ich sah sie wenig später lachend mit ihrem Handy telefonieren und beruhigte mich. So enttäuscht war sie also doch nicht. Im Kaufhaus schlenderte ich durch die Regalreihen, als ich plötzlich Timmi sah, wie er sich CDs einsteckte. Ohne zu bezahlen. Kurz, bevor er den Ausgang erreichte, sprang ein dicker Mann aus einem Seitengang und hielt ihn fest.

„Da bist du wohl ein wenig unvorsichtig gewesen", raunte der Mann. „Dann sei mal so nett und komm mit." Er zog die zwei CDs aus Timmis Hosenbund und schwenkte sie triumphierend vor seiner Nase herum.

Timmi ließ den Kopf hängen. Er tat mir leid, auch wenn ich ihn für wirklich blöd hielt. Warum stahl er? Hatte er nicht genug Geld? Er war zwar nicht mein Bruder, aber ich empfand plötzlich so etwas wie Familie für ihn und so mischte ich mich spontan ein.

„Ach da bist du ja, Timmi. Hast du die CDs für Muttis Geburtstag?" Ich lachte gekünstelt, schlimmer als eine Lachmöwe, und plapperte weiter: „Wir müssen uns beeilen, du weißt doch, dass ich noch einen Friseurtermin habe." Ich zupfte spielerisch an ein paar Haarsträhnen herum, lächelte den Kaufhausdetektiv an und hielt meine Hand auf, um die CDs entgegenzunehmen.

„Wer sind Sie?", fragte mich der Mann unfreundlich.

„Seine Schwester?", antwortete ich mit einer Gegenfrage. Ich hatte die leise Angst, Timmi würde gleich losbrüllen und behaupten, er kenne mich überhaupt nicht.

Der Mann hielt die gestohlenen CDs immer noch

in der Hand und murmelte: „Nicht so eilig, junge Dame, Ihr Bruder hat gerade eben zwei CDs gestohlen."

„Gestohlen? Aber hallo! Das ist ein schwerer Vorwurf. Ich bin doch hier, um die CDs zu bezahlen." Ich zog ein Portemonnaie aus der Tasche, bis mir einfiel, dass nicht viel drin war. Oha, wie kam ich nur aus dieser Situation wieder heraus?

„Er wollte die CDs stehlen", sagte der Mann.

„Wollte ich nicht", log Timmi.

„Genau!", sagte ich. „Warum sollte er auch?! Ich bezahle sie ja." Ich steckte das Portemonnaie wieder in die Tasche und fuhr fort: „Wissen Sie was!? Sie können die CDs behalten." Und damit packte ich Timmi am Jackenärmel und zog ihn mit mir aus dem Kaufhaus.

„Puh, das war knapp", sagte ich, als wir draußen standen.

Und Timmi sah mich an: erleichtert und beeindruckt. „Ich dachte, du magst uns nicht mehr. Jetzt bist du da oben wieder normal. " Er tickte sich an die Stirn und grinste breit.

Ich seufzte aus tiefstem Herzen: „Nach all dem Stress brauche ich etwas zu essen."

„Ich auch." Timmi zeigte in Richtung Mehmets Imbissbude. „Dort gibt es die besten Pommes."

Und ich platzte lachend heraus: „Ja, das stimmt!"

Die Pommes bekamen mir nicht. In der folgenden Nacht schlief ich schlecht.

Ich hatte einen Albtraum: In einem Krankenhauszimmer standen zwei Betten. In dem einen Bett lag Ricarda, in dem anderen Vanessa. Überall um Vanessas Bett standen wunderschöne Blumensträuße und übergroße Genesungskarten. Sie hatte Besuch von unserer Klasse, unseren Lehrern und ihrer Familie. Sogar meine Mutter saß neben ihr und tätschelte ihre Hand. An Ricardas Bett war dagegen nichts. Keine Blumensträuße, keine selbstgemalten Bilder, keine Glückwunschkarten und kein Besuch – einfach nichts!

Als ich aufwachte, war ich bedrückt, und ich dachte spontan an Schokolade. Schokolade war ein wichtiges Glückshormon. Warum sonst hatte ich in letzter Zeit zugenommen! Meine Ricardabeine sahen aus wie Baumstämme. Ich bestand aus Muskeln und Fett. Im Laufe der Zeit aus immer weniger Muskeln und immer mehr Fett. Schokofett. Chipsfett. Bratenfett. Ich hatte es aufgegeben, auf meine Gesundheit oder meine Figur zu achten. Wen interessierte es schon?!

Es war diesmal halb sechs, als ich aufstand.

Ich schlich zum Kühlschrank und öffnete ihn.

Nichts!

Ich durchsuchte die Schränke.

Die Schubladen.

Die Regale.

Sogar in der Abstellkammer unter den Putzeimern.

Gab es in dieser Familie denn keine Schwächen? Waren sie denn alle so perfekt?

Ich krabbelte auf allen Vieren durch das Wohnzimmer. Ich klappte die Teppiche hoch, schaute in den Blumenübertöpfen, unter den Schrank und fand nicht einen essbaren Krümel. Nur der Geruch eines durchlöcherten Sockens waberte hinter dem Klavier, sonst nichts.

„Ich bin mir zwar nicht klar, was du suchst, aber es wird dir hoffentlich enorm die Rückenmuskulatur stärken." Oma Margot saß in ihrem Lieblingssessel und las die Tageszeitung. Sie blickte über den goldenen Rand ihrer Lesebrille hinweg auf mich herab.

Ich erhob mich nur unwillig. Es war äußerst frustrierend, auf Schokolade zu verzichten, obwohl Vanessas Magen die Schokolade wahrscheinlich ebenso wenig vertragen hätte wie die Pommes. „Guten Morgen. Es tut mir leid, wenn ich dich beim Lesen gestört habe."

„Wie kommt es, dass du plötzlich jeden Morgen um sechs wach bist und zu den kuriosesten Aktivitäten fähig, während du doch ansonsten in den Ferien bis in die Puppen schläfst?"

„Ich habe Hunger", war meine einfache Antwort.

„Das freut mich. Aber warum suchst du unter dem Wohnzimmerschrank nach etwas Essbarem? Hatten wir nicht gestern noch einen vollen Kühlschrank?"

„Ich werde mir ein Brot schmieren", sagte ich, um das leidige Thema Essen zu beenden. „Möchtest du auch etwas?"

„Ja, eine Tasse Kräutertee." Ihr Gesicht verschwand wieder hinter der Zeitung. „Und den solltest du auch trinken. Kaffee bekommt deinem Magen nicht."

Sie hatte leider Recht. Vanessas Magen vertrug weder Pommes noch Kaffee. Ich befürchtete, dass ich, wenn ich nicht ständig Bauchschmerzen haben wollte, auf eine gesunde und fettfreie Ernährung umsteigen musste. Also bereitete ich Kräutertee zu.

Der Morgen wäre sicherlich ereignislos vergangen, hätte es nicht wenig später an der Haustür geklingelt. Als ich die Tür öffnete, sah ich ein Mädchen, in dessen bizarrer Hochfrisur eine schnatternde Gänseschar hätte brüten können.

„Nicki?", hauchte ich schließlich verblüfft, als ich das Mädchen erkannte.

„Hi, Vanessa. Sieh mal!" Dabei wies sie auf ihre Lippen, an denen mein Blick wie hypnotisch klebte.

„Du hast dir die Unterlippe piercen lassen?!", krächzte ich.

„Ja, und ich finde es absolut cool."

„Äh, ich weiß nicht", stammelte ich und beobachtete ihre schiefe Amy-Winehouse-Frisur.

„Und deine Haare", sagte ich.

„Geil, was?"

„Sie sind schwarz", stöhnte ich. Ich vergaß den Kräutertee und dirigierte Nicki in Vanessas Zimmer. Dort fläzte ich mich aufs Bett und betrachtete ihre Haare. „Warum hast du sie gefärbt? Deine Haarfarbe war doch okay."

Nicki zuckte wortlos die Achseln. Nach einer Weile unterbrach sie das Schweigen. „Ich habe dich mit Sebastian vorm Eiscafe gesehen. Du fängst doch nichts mit ihm an, oder?"

Sebastian? Ich brauchte eine Weile, bevor ich verstand, wen sie meinte. „Ach, du meinst Murmel!"

„*Sebastian*", wiederholte sie energisch. „Wir haben beschlossen, dass wir ihn nicht mehr Murmel nennen, aus Respekt vor seiner Persönlichkeit."

„Das haben wir?", fragte ich vorsichtig.

„Weißt du das denn nicht mehr? Wir haben lang und breit darüber diskutiert. Sebastian hat gesagt, dass er sich nicht respektiert fühlt, wenn wir ihn alle Murmel nennen, wo er doch so nicht mehr genannt werden möchte. Und du hast gesagt, die Menschenwürde ist unantastbar."

„Das habe ich gesagt?"

„Ja,", bestätigte Nicki. „Und?"

Und was? Ich schaute sie ahnunglos lächelnd an.

„Sebastian! Fängst du etwas mit ihm an?", wiederholte sie ungeduldig.

„Äh ... hmm ... nein!", sagte ich

Sie dachte nach. „Ich verstehe. Raymond ist ein toller Typ. Alle Mädchen sind hinter ihm her."

Raymond? Wer war Raymond? In Vanessas Fotoalbum hatte ich nichts von einem Raymond gefunden. Ich öffnete den Mund und schloss ihn wieder. So ähnlich verhielt sich wohl ein Karpfen.

Nicki rettete mich, indem sie jubelte: „Du hast ein Foto von ihm? Wow! Mann, sieht der nicht super aus?"

Ich folgte ihrem Blick und sah das Foto auf dem Schreibtisch, das ich unter der Kommode hervorgezogen hatte. Ich zögerte. Was erwartete Nicki, was ich darauf sagen sollte? „Ich denke, das ist Geschmacksache, ob man ihn gut aussehend findet."

„Ich finde ihn toll!", bekräftigte Nicki ihre Meinung. „Die anderen Jungs kannst du alle vergessen, wenn du Raymond kennst. Ich hätte ihn gerne als meinen Freund."

„Aber der ist doch viel zu alt", wandte ich ein. *Zu*

schmierig, wäre mir fast herausgerutscht, aber ich verkniff es mir.

„Na und? Das kümmert dich doch auch nicht", meinte Nicki.

Ich schaute sie fragend an. Nicki sprach in Rätseln. Und sie durchbohrte mich mit einem Blick, den ich nicht deuten konnte. Was genau wollte Nicki hören? Was wollte sie wissen? Was genau wollte sie mir eigentlich mitteilen?

„Nicki, ich weiß nicht, worauf du hinaus möchtest. Kannst du mir nicht einfach sagen, was du meinst. Und zwar so, dass ich es auch verstehe", bat ich sie.

„Raymond!" Sie sah mich seltsam an. „Wir reden über Raymond. Den Mann auf dem Foto."

„Ja, und?", fragte ich.

„Ich weiß alles", platzte sie plötzlich heraus.

Mir stockte der Atem. Was wusste Nicki? Wovon sprach sie bloß? Ich war durcheinander. Ich war Ricarda. Ich war Vanessa. Ich war ... entlarvt. Gleich würde Nicki sich auf mich stürzen, mein Gesicht packen und mir die Maske der Verstellung abreißen. Gleich. Und dann würde sie mich sehen. Sehen, dass es nicht Vanessa war, die hier saß und mit ihr sprach, sondern Ricarda. Ricarda Stacheldraht. Ricarda, die keinen Spaß verstand.

„Was weißt du?", fragte ich stammelnd.

„Alles", sagte Nicki, dann gab sie kleinlaut zu: „Naja, fast alles."

„Du weißt alles?", fragte ich und mir blieb der Atem stehen.

„Fast", sagte Nicki und beobachtete mich gespannt.

„Du weißt, dass ich nicht Vanessa bin?", hauchte ich. Ich war mit den Nerven fertig.

Nicki lachte schallend los. „Hey, so toll ist er, dass du nicht mehr weißt, wer du bist? Ha-ha, ich lach mich schlapp. Wer bist du dann?"

Mein Blick hätte nicht verwirrter sein können, mit dem ich Nicki musterte.

Nicki gluckste fröhlich vor sich hin. Schließlich beruhigte sie sich und maulte: „Du hast überhaupt nicht auf meine Mails geantwortet. Und dabei wolltest du mir alles erzählen."

„Da gibt es nichts zu erzählen", sagte ich hastig und versteckte das Foto von Raymond unter dem breiten Fuß der Schreibtischlampe.

„Ach, deswegen hast du dich nicht gemeldet. Hat Raymond dich abblitzen lassen?"

Ich schwieg.

Nicki sagte auch nichts.

Da die Stille unangenehm wurde, log ich schließlich: „Nein, ich finde ihn gar nicht so toll."

Nicki sah mich an, als ob ich den Verstand verloren hätte. „Auf einmal? Du warst doch total verknallt in ihn." Dann kratzte sie sich am Kopf, dass ihr Haarturm bedenklich wackelte und sagte: „Hey, dann ist er ja frei. Dann nehme ich ihn."

Beide prusteten wir los.

„Wie geht es Ricarda?", fragte ich unvermittelt.

„Geht so", antwortete sie kurz angebunden.

„Wir könnten sie ja mal zusammen besuchen", schlug ich vor.

„Du willst Ricarda besuchen?", fragte sie verblüfft.

Ich zuckte die Achseln. „Nun ja, Ricarda und ich sind vielleicht nicht gerade eng befreundet …“

„Ihr seid gar nicht befreundet“, warf Nicki ein.

„Aber das heißt doch nicht, dass man sie nicht besuchen könnte.“

„Warum?“, wollte Nicki wissen.

„Weil wir in die gleiche Klasse gehen“, erwiderte ich.

„Ihr hasst euch“, sagte Nicki.

„Wir hassen uns doch nicht“, widersprach ich.

„Natürlich tut ihr das.“

„Nein, warum denn? Ich habe nichts gegen sie.“

Nicki verdrehte die Augen. „Du hast eine ganze Menge gegen sie.“

„Wirklich?“, fragte ich überrascht. „Was denn alles?“

Nickis Haarturm wackelte bedenklich, als sie den Kopf wiegte. „Denk doch mal nach!“

„Ich versuche es“, erwiderte ich, abgelenkt durch den schiefen Turm von Nicki.

„Gut, dann weißt du es ja.“

Uuups – wenn ich jetzt noch eine Frage stellte, würde ich mich verraten, also schwieg ich und wartete, dass Nicki noch etwas sagen würde.

Tat sie dann auch. „Sie hat auch eine ganze Menge gegen dich.“

Dieses Mal schwieg ich, weil Nicki Recht hatte. Was mich schockte, war die Tatsache, dass meine Abneigungen gegen Vanessa so offensichtlich waren. Ich dachte immer, ich hätte sie besser versteckt.

„Ich habe nicht wirklich etwas gegen sie“, versuchte ich, mich herauszureden. „Ich bin vielleicht nicht so ... nun, so eloquent wie sie. Du weißt schon, sie ist sprachlich besser als ich. Und ich habe vielleicht nicht die gleiche Ausstrahlung wie sie, und ... und bin nicht so beliebt wie sie, aber ich wollte meine Abneigungen gegen sie nicht so zeigen. Ich wusste nicht, dass jeder sieht, dass ich sie nicht mag. Und wer bin ich schon? Vanessa ist großartig! Vanessa ist die Klassenqueen! Vanessa ist schön und klug und –“ Was redete ich denn da?

Sie hob die Augenbraue, spuckte ihr ausgekautes Kaugummi in ihre hohle Hand und fragte: „Wo ist dein Mülleimer?“

Ich zeigte unter Vanessas Schreibtisch.

„Da ist er nicht“, sagte sie.

„Dann ist er eben woanders“, meinte ich genervt, weil ich es nicht mehr aushielt. Würde Nicki jetzt endlich die Güte besitzen, auf meine Beichte zu reagieren.

„Ich habe dir doch alles geschrieben“, sagte Nicki und wies auf Vanessas Computer.

„Der ist kaputt“, erklärte ich, weil ich nicht an den Computer gedacht hatte.

„Ich weiß, was du meinst. Und weißt du, ich weiß noch mehr“, sagte sie sauer.

„Na, dann raus damit!“, forderte ich gespannt.

„Es dreht sich immer nur um dich, oder?“, schrie sie schon fast. „Vanessa, Vanessa, Vanessa. Ich kann's nicht mehr hören, wie sich alles um dich dreht. Wie sogar du selbst dich um dich drehst. Das ist ja abartig. Vanessa, die über Vanessa redet. Du bist so schön und klug! Du bist großartig! Merkst du es eigentlich noch? – In letzter Zeit hast du dich sehr geändert.“

Ich sah sie schweigend an. Sie hatte Recht. Ich hatte mich geändert, wenn auch nicht so, wie sie es gemeint hatte. Das war zum Lachen! Aber ich konnte darüber nicht lachen.

„Sogar Sebastian willst du. Reicht dir nicht Raymond? Nein, Sebastian muss es jetzt auch noch sein!"

„Ich will Sebastian nicht!", entgegnete ich.

„Ich werde kämpfen. Ich will nicht ständig deine abgelegten Freunde. Und Sebastian kriegst du nicht." Mit diesen Worten stürmte sie aus dem Zimmer.

Ich wollte zuerst hinterherlaufen, aber dann überlegte ich es mir anders. Es war alles so schief. Nicht nur in meinem Leben, auch in Vanessas Leben.

Ich griff zum Handy und rief Lilly an. Sie nahm ab und ließ mich wissen, dass mit mir alles unverändert war. Von dieser Seite keine Besserung in Sicht. Ich zögerte einen Krankenhausbesuch hinaus. Mit Nicki hätte ich mich vielleicht getraut, aber allein? Ich hätte dort nicht mehr erfahren, als ich jetzt schon wusste. Ich wollte auch nicht wissen, wie ich aussah, wahrscheinlich blau-grün am Kopf und überall sonst weiß, wie so eine Kombination aus Hulk und Wasserleiche.

Sechs Uhr morgens.

Ich hatte mir jetzt jeden Morgen eine Stunde Fahrradfahren vorgenommen. Nach fünfzehn Minuten war ich ausgepumpt. Mein Körper gab nicht mehr her. Wenigstens hörte das Kotzgefühl auf, so dass ich anfing, wieder normal auf Essen zu reagieren.

Ich musste schnell auf die Füße kommen und mir überlegen, wie es weiterging. Wie ich meiner Mutter helfen konnte. Gleichzeitig war ich mir nicht sicher, ob ich in mein altes Leben zurück wollte. Es war noch nicht klar in meinem Kopf, aber ich spürte einen leichten Widerwillen, wenn ich an mein Leben als Ricarda dachte.

Ich hatte mir eine Vitamin- und Mineraldiät aus dem Bioladen, drei Straßen weiter, verordnet. Und ich gewöhnte mir an, Kräutertee zu trinken. Beim Frühstück sprach man kein Wort mehr von meinem Hausarrest. Es war unter den Teppich gekehrt worden. Was die Schule anging, brachte sie Erik auf Ideen akrobatischster Konversation. Er sprach plötzlich Englisch mit mir. Natürlich verstand ich kein Wort, weil es die Börsennachrichten waren, die er mir aus der Zeitung weitergab. Und weil er sich über mein mangelndes Wissen mokierte, bedankte ich mich bei ihm statt mit heißem Kaffee mit abgestandener Cola light, die ich ihm liebevoll lächelnd zwischen *Dax* und *Euro* in seine Tasse goss.

Natürlich war er sauer auf mich. Er kanzelte mich ab, Christine sprach kein Wort mit mir (sie war in letzter Zeit ziemlich beschäftigt), Margot schüttelte verständnislos den Kopf, wo doch *mein Vater* es nur gut mit mir meinte, nur Timmi kicherte meistens und war immer auf meiner Seite.

Seit der Geschichte mit den CDs war irgendwie alles in Ordnung mit uns. Er liebte seine Schwester. In diesem Fall durfte ich ruhig sagen, weil es Ricarda richtig gemacht hatte. Und das erfüllte mich mit Stolz.

Ich verzog mich nach dem Frühstück in mein Zimmer. Was nun tun? Vielleicht sollte ich, bevor ich in die Stadt ging, die Schulbücher durchgehen? Eventuell Listen über fehlendes Material anfertigen? Nicht dass ich vorgehabt hätte, als Vanessa in die Schule zu gehen. Mir blieben noch fünf Wochen, immerhin, das war eine lange Zeit, und bis dahin war ich wieder ich. Aber diese Zeit musste ich überbrücken und dafür brauchte ich einen Plan.

Ich durchsuchte Vanessas Zimmer nach Geld. Aber leider fand ich keine Euroscheine hinter dem Fernseher oder klingende Münzen in den Badelatschen, sondern lediglich Vanessas Tagebuch (im Schminkkasten).

Ein Tagebuch!

War es nicht moralisch verwerflich, anderer Leute Tagebücher zu lesen? (Wen kümmerte es?)

Und interessierte es mich überhaupt, was Vanessa geschrieben hatte? (Und ob!)

Ich wog das Für und Wider ab und legte das Tagebuch ungelesen beiseite. Man las nicht die Tagebücher anderer.

Mit Vanessas pinkfarbenem Rucksack in der einen Hand, in der anderen ihre Inlineskater (machten schöne Beine) verschwand ich geräuschlos aus dem Haus. Konditionell gesehen waren die Inlineskater eine enorme Herausforderung. Nach zehn Minuten riss ich sie mir von den Füßen und steuerte barfuß das nächste Schuhgeschäft an. Ich kaufte mir die preiswertesten

Sandalen, die angeboten wurden. Nun hatte ich zwar etwas an den Füßen, aber dafür kein Geld mehr im Portemonnaie.

Ich brauchte Geld. (Geld stehlen kam nicht in Frage. Wenn ich noch nicht einmal ein fremdes Tagebuch lesen konnte, also wirklich!) Bei Mehmet hatte ich, ehrlich gesagt, keine Lust mehr zu arbeiten. Und eigentlich stimmte die Entlohnung auch nicht. Wenn man statt in Euro in Pommes ausgezahlt wurde, war es kein Wunder, dass man immer fetter um die Hüften wurde. Ich nahm mir vor, nie wieder bei Mehmet zu jobben. Ich wollte mein Leben ändern (Ha-ha-ha! Wie komisch!)

Ich stand an der Hauptstraße und dachte nach, bis mein Blick auf die kleinen Geschäfte fiel.

Und? Was sah ich da?

Ein Fotofachgeschäft!

Ja Himmel, war das zu fassen? Warum war ich nicht schon eher auf diesen Gedanken gekommen?

Ich liebte die Fotografie. Ich konnte mir stundenlang Fotos anschauen und mir darüber Gedanken machen, ob die Perspektive stimmt oder das Licht oder die Kleidung, die das Model trug. Ich wusste alles über Fotoapparate, auch wenn ich mir bisher nie eine eigene Kamera hatte leisten können.

Ich konnte mir doch als Fotografin mein Geld verdienen. (Wieder ha-ha-ha! Wenn ich so weitermachte, käme ich aus dem Lachen bald gar nicht mehr heraus.) Aber theoretisch wusste ich alles. Ich hatte nur noch nie diese Kameras in der Hand gehabt. Aber war das ein Grund, es nicht zu versuchen?

Ich gab mir einen Ruck und ging zum Schaufenster. Es war ein kleines Geschäft. In den Auslagen sah ich Porträtfotos, die mir gefielen. Sehr sogar. Sie waren einfach toll. Zwar waren es vorwiegend Hochzeitsfotos, aber die Braut sah jedes Mal aus wie vom Laufsteg. Bei diesem Fotografen würde sogar ich aussehen wie ein Top-Model.

Anfänglich zögerte ich, aber dann nahm ich meinen Mut zusammen und riss die Ladentür auf. Vielleicht ein wenig zu schwungvoll, denn die hübsche Ladenglocke riss ab, schepperte an meinem Kopf vorbei und knallte auf den Boden.

Der Mann hinter dem Verkaufstresen ruckte erschrocken herum und ich … wurde knallrot.

„Oh hallo!", krächzte ich.

„Hallo!", begrüßte er mich freundlich. „Wolltest du dich bei mir entschuldigen, dass du so plötzlich von der Bildfläche verschwunden bist? Ich hatte Croissants gekauft. Oder dachtest du, die Einladung zum Frühstück wäre nicht ernst gemeint gewesen?"

Na, der hatte vielleicht Nerven! Eingebildet war der Typ wohl gar nicht?!

„Äh, nee – doch – nee", flüsterte ich schwach. „Ich hatte keinen Appetit", erklärte ich schließlich. Oh, wie peinlich!

Er vermied es, mich genau in Augenschein zu nehmen. Ich wusste selbst, wie meine Antwort auf ihn wirken musste, wo Vanessa dünn wie ein Baguette war. Sein Lächeln dagegen war entwaffnend, falls diese Beschreibung überhaupt angebracht war. Ich hatte ja nicht vor, ihn zu überfallen.

Mein Herz klopfte.

Er lächelte und wartete.

Und dann fiel mir ein, dass ich ja etwas von ihm wollte. Ich holte tief Luft und stellte mich vor: „Ich heiße Ricarda We –" Mist nochmal!

Er wartete geduldig, bis ich ausgestammelt hatte.

„Ricarda Winkler."

Ricarda Winkler?

Grrr!

Ich hatte mich als Ricarda Winkler vorgestellt?

Es gab keine Ricarda Winkler. Es gab nur eine Ricarda Wedekind, die im Krankenhaus lag, und eine Vanessa Winkler, die ganz offensichtlich nicht denken konnte.

Ich sollte einfach rausgehen und so tun, als ob das gerade eben nicht passiert wäre, wieder hereinkommen und es noch einmal versuchen. Das setzte voraus, dass er an Gedächtnisschwund litt und sich nicht an meinen Auftritt erinnerte. Konnte ich davon ausgehen, dass er ein extremes Kurzzeitgedächtnis hatte?

Nein! Konnte ich nicht.

„Ricarda. Ich begrüße dich", sagte er freundlich.

„Ich fotografiere schon seit mehreren Jahren und ..."

„Wirklich?", horchte er auf.

Galt fotografieren im Geiste auch als fotografieren? „Ich kenne mich sehr gut mit Fotoapparaten aus. Ich meine nur hobbymäßig. Ich habe das nie gelernt."

Er lächelte verschmitzt. „Aha, und du suchst einen Ferienjob. Gehe ich recht in der Annahme, dass du noch zur Schule gehst?"

„Ja. Und nach der Schule habe ich bei Mehmet gejobbt. Aber er bezahlt nicht gut, meistens in Pommes, deswegen bin ich auch so ...“ Ich unterbrach mich, denn sonst hätte ich *fett* gesagt und das konnte ich im letzten Moment verhindern. „In der Frittenbude, wissen Sie?“, schloss ich meinen Satz murmelnd und dachte: Ricarda, ehrlich, krieg es doch endlich in deine Birne: du bist jetzt *Vanessa!* Für Vanessa gibt es keine Frittenbude!

Und so entgegnete er auch: „Ich habe dich noch nie bei Mehmet gesehen, und ich bin dort öfter.“

„Ist ja interessant“, erwiderte ich und wand mich innerlich.

Er lachte. „Okay, wann willst du anfangen?“

„Wann Sie wollen“, antwortete ich erleichtert.

Er schulterte eine Kameratasche und sagte: „Ich muss für eine Stunde weg. Du kannst in der Zeit den Laden übernehmen. Falls jemand für Passbilder kommt, vertröste ihn einfach auf später. Okay?“ Und dann ging er hinaus.

„Ja, aber –“ Ich wollte ihn noch zurückhalten. Er müsste mir doch wenigstens erklären, was ich zu beachten hatte oder wie die Kasse ging oder wo ich was finde. Ich … Mensch, ich hatte doch *keine Ahnung!*

Aber er war schon zur Tür hinaus.

Plötzlich kam mir ein erschreckender Gedanke: Der hatte mich veräppelt. Der Laden gehörte ihm gar nicht. Der richtige Besitzer würde gleich auftauchen und die Polizei holen, meinen Eltern *(meinen Eltern?)* Bescheid sagen und ich würde …

Ohgottohgottohgott!!! Hausarrest bis zum Sanktnimmerleinstag bekommen.

Hausarrest bis zum Ende meines Lebens … Lebens? … wessen Leben?

Ich kniff mich in den Oberarm.

Immer ruhig Blut! Ich hatte einen Plan.

Ich brauchte Geld.

Ich legte die Inlineskater beiseite und versuchte, mich im Geschäft zurechtzufinden. Als Erstes musste ich wissen, wie er überhaupt hieß. Ich kramte auf dem Tresen herum und fand eine Visitenkarte: Atelier Paul Philipps.

Paul?

Ein schöner Name!

Ach ja, und dann wartete ich.

Auf den richtigen Besitzer.

Auf Kunden.

Auf ihn.

Es war nicht sehr viel los. Ein Mädchen kam für Bewerbungsfotos. Ich empfand es als Herausforderung, die Porträtkamera zu bedienen, aber die Preise machten mir Kopfzerbrechen. Ich nannte ihr irgendeinen Fantasiebetrag, über den sie sich sehr freute. Später verkaufte ich noch ein paar Filme. Alles in allem war es eine sehr ruhige Stunde, bis Paul Philipps wieder vor mir stand.

„Wie ich sehe, hast du dich tapfer geschlagen. Wie bist du zurechtgekommen?“ Er lächelte und ich war hin und weg.

Schließlich wurde ich wieder wach (weil Paul mit einem Blatt Papier vor meinem Gesicht herumwedelte). Ich händigte ihm die Liste der verkauften Produkte aus. Sorgfältig, wie ich war, hatte ich alles untereinander aufgeschrieben.

Er hob erstaunt eine Augenbraue und meinte anerkennend: „Du hast Bewerbungsfotos geschossen? Wie hast du denn das geschafft?“ Er sagte taktvollerweise nichts über meine Fantasiepreise.

Ich freute mich sehr über das unausgesprochene Lob, das hinter seiner Bemerkung steckte.

„An welchen Stundenlohn dachtest du denn?“, unterbrach er meine Gedanken.

Auf keinen Fall Pommes, sagte ich mir innerlich. Ich nannte ihm eine Summe und wartete ab.

Er grinste, murmelte irgendetwas von „harte Verhandlungspartnerin“ und nickte.

Wir einigten uns darauf, dass ich in den Ferien jeden Tag kommen würde, und außerhalb der Ferien, je nach Stundenplan, an den Nachmittagen. (Die würde es natürlich nicht geben, denn dann wäre ich wieder ich. Klar!) Bei Außenaufnahmen würde ich ihm nach Bedarf auch vormittags zur Seite stehen, natürlich abhängig vom Stundenplan, da bestand er drauf. Natürlich spielte ich bei seiner Planung mit. Der Fall, dass ich als Vanessa auch in der Schulzeit arbeiten würde, würde nicht eintreten. Zum Schluss gab ich ihm Vanessas Handynummer. Wir verabschiedeten uns mit einem Händedruck. Er hatte mir das Du angeboten.

Als ich wieder zu Hause war, kontrollierte ich Vanessas Kleiderschrank. Superhippe Klamotten, aber nicht geeignet für mein neues Leben. Ich hatte vergessen, Paul zu fragen, wann er mir mein erstes Geld auszahlen würde. Im Moment konnte ich mir eine neue Garderobe in Anbetracht meiner finanziellen Lage nicht leisten.

Der Samstagabend stand bevor. Ich war allein und langweilte mich. Nicki hatte sich nach unserem letzten Streit nicht mehr gemeldet und ich wusste nichts mit meiner Zeit anzufangen. Der Anruf bei Lilly ergab nur, dass es mich noch gab, und endete mit ein paar netten Worten, dass ich wohl eine sehr gute Freundin von Ricarda wäre, weil ich mich so sehr um ihr Wohl sorgte. Sie klang nicht betrunken, auf der anderen Seite konnte sie ihre Alkoholsucht auch sehr gut verbergen.

Ich streifte durch Vanessas Zimmer, bis mir ihr Computer ins Auge fiel. Nun denn, eigentlich waren Computer so etwas Ähnliches wie überdimensionale Tagebücher – privat und unantastbar –, möglicherweise auch mit einem Passwort versehen. Ich schaltete ihn an.

Vanessa hatte tatsächlich ein Passwort eingegeben. Da ich langsam erahnte, wie ihr Denken funktionierte, konnte ich das Passwort innerhalb von zwei Versuchen knacken. Zuerst tippte ich Vanessa ein, aber das war es nicht. Raymond entpuppte sich als richtig. Mann, mit dem hatte sie es aber!

Und danach öffnete ich ihre privaten Mails. Ich entschuldigte mein Vorgehen damit, dass ich mehr über Vanessa wissen musste, um als Vanessa zu agieren. Das war sogar in meinen Augen eine lausige Entschuldigung. Wenn ich ehrlich gewesen wäre, hätte ich zugeben müssen, dass ich vor allen Dingen wissen wollte, was Vanessa gegen mich hatte. Ich las eine Menge über die Klasse. Das meiste war uninteressant und entsprach dem, was ich in etwa auch so dachte. Über Nicki fand ich nichts. Über Sebastian nur, dass sie ihn nett fände. Und über mich, dass ich eine fette Kuh wäre. Nun, ich hatte es wissen wollen, also sollte ich mich jetzt auch nicht beklagen. Aber als ich die Datei schloss, brodelte es in mir. Was erlaubte sie sich? Was bildete sie sich eigentlich ein? Um mich abzulenken, suchte ich die Mails von Nicki.

Und da waren sie auch. Viele kurze Mitteilungen und irgendwann eine mit der genervten Frage, warum sie keine Antwort bekäme. Ich überflog sie kurz und fand dann endlich die, in der Nicki von ihrem Besuch bei mir im Krankenhaus berichtete. Soweit alles okay, bis auf eine Bemerkung von ihr. Und die tat weh.

Ich habe nie gewusst, warum Vanessa mich nicht leiden konnte. Ich mochte sie nicht aus bereits erwähnten Gründen. Sie mochte mich nicht seit meinem Referat über Drogen, das ich gehalten hatte. Ich hatte darin den Alkohol angeprangert, die Industrie, die den Alkohol herstellte, die Regierung mit ihren laxen Gesetzen und natürlich die Konsumenten, besonders die in meiner Klasse, die Koma-Saufen zum Volkssport erklärt hatten. Ich hatte keine Namen genannt, aber Vanessa musste sich angesprochen gefühlt haben.

Bevor ich den Computer ausschaltete, fiel mein Blick noch auf eine Mail, eine Einladung zu Vanessas Geburtstag im *Fabians*, und das brachte mich auf die Idee, wie ich den Abend verbringen konnte. Da ich kein Geld hatte, schnappte ich mir Timmis Sparschwein (von wegen, ich würde nicht stehlen), und *lieh* mir dessen Inhalt. Und dann war ich mit meinem Latein am Ende. Es reichte nicht für das Taxi. Hier war wieder mein unbeschreibliches Genie in Sachen Improvisationsvermögen gefragt. Das war jetzt ironisch gemeint. Ich kannte keine einzige, die so spontan in jedes Fettnäpfchen trat wie ich. Ich war darauf nicht stolz, nein, ganz bestimmt nicht, aber was blieb mir übrig? Sollte ich hier sitzen und warten? Wenn ja, auf was? Auf wen? Dass sich die Dinge von selbst einrenkten? Ich hatte nicht das Gefühl, dass sich überhaupt irgendetwas von selbst einrenkte.

Ich überlegte hin und her. Hatte Erik nicht irgendetwas von einem Führerschein erwähnt? Hieße das etwa, Vanessa hatte möglicherweise Fahrpraxis? Und war ich jetzt nicht Vanessa? Also konnte ich Auto fahren! Prima!

Ich deutete Christines Schlüssel auf der Kommode als Wink des Schicksals und nahm ihn an mich. Mit ihrem silberfarbenen Mercedes Coupe fuhr ich zur Diskothek. (Ich gebe zu, ich war sehr froh, dass der Wagen rückwärts mit der Schnauze nach vorne in der Garage stand.) Es war störend, dass die Bürgersteige beim Rechtsabbiegen im Weg waren. Ständig knallte ich dagegen, bis ich den Wagen schließlich völlig entnervt in einer schlecht beleuchteten Seitenstraße stehen ließ. Ich rannte zurück zur Hauptstraße und winkte ein Taxi herbei.

Zwei Minuten später wusste ich, warum der Fahrer aufgelacht hatte, als ich ihm das *Fabians* als Ziel genannt hatte. Es war eine Straße weiter.

„Das hätten Sie mir auch gleich sagen können", motzte ich.

Er lachte, kassierte das Fahrgeld und preschte davon.

Ich stand vorm *Fabians*. Nur die Leuchtreklame wies auf einen Nachtclub hin. Ansonsten war das Gebäude unauffällig.

Man ließ mich ein, nachdem ich zwanzig Euro gelöhnt hatte. (Zwanzig Euro!!! Was war denn das für ein Luxusladen?!) Ich hielt nach Nicki Ausschau, als ich plötzlich eine Hand auf meiner Schulter spürte. Ich drehte mich zu einem groß gewachsenen, gut aussehenden Mann um.

„Raymond?“ Hu, er sah noch besser aus als auf dem Foto.

„Hallo Vanessa! Wie geht es dir?“ Seine Stimme klang melodisch und er wirkte sehr sympathisch. Und trotzdem konnte ich ihn auf Anhieb nicht leiden.

„Suchst du deine Freunde?“, fragte er.

Ich nickte stumm.

Er wies mit dem Kopf Richtung Bar und schob mich durch die Menge. Seine Hand auf meiner Schulter brannte unangenehm. Dann endlich sah ich Nicki mit den anderen. Ich winkte ihr zu, doch sie sah mich nicht.

„Hi Leute!“, überschrie ich den stampfenden Rhythmus der Musik.

„Was isch?“, fragte mich Nicki. „Schuschst du jemanden?“

„Dich habe ich gesucht“, brüllte ich gegen den Lärm an. „Nicki, du hast dich nicht mehr bei mir gemeldet und ich wollte wissen, wie es dir geht. Ich kann aber nicht lange bleiben, muss gleich wieder los, du weißt schon, wegen meinem Vater.“

Nickis Augen weiteten sich. „Escht?!“

Ich stutze, als ich Nickis geweitete Pupillen sah. Was hatte sie nur getrunken? Sie musste ja sturzbesoffen sein.

„Wie viel hast du getrunken?“, fragte ich

„Schwei Cola“, antwortete Nicki völlig unschuldig.

„Bist du okay?“

„Klar bin isch okay. Warum fragscht du?“

„Lass uns fahren! Ich glaube, dir geht es nicht gut.“ Ich wandte mich zum Gehen.

„Mir geht esch gut.“ Nicki torkelte gegen mich und schnappte nach Luft.

„Nicki? Bist du in Ordnung?“

„Ist was?“ Raymond stand plötzlich neben uns.

„Das müsste ich dich fragen. Was ist mit ihr los?“ Ich hätte mir die Frage auch schenken können, ich ahnte, was los war. Ich kannte ja Lilly.

„Nüscht“, nuschelte Nicki. Sie drehte sich mit einem idiotisch-verzückten Lächeln nach Raymond um und küsste ihn. Raymond ließ es mit kühler Arroganz über sich ergehen und flüsterte Nicki irgendetwas zu, worüber sie auflachte. Ich riss Nicki von ihm weg. Die hirnverbrannte Kuh schlug mir dabei vehement mit ihrem Täschchen auf den Kopf herum und beschimpfte mich, während ich sie zum Ausgang zerrte, gefolgt von Raymond.

„Raymond“, schrie Nicki, und dann noch einmal lauter, „*Raymond!* Isch liebe disch! Isch liebe nur disch!“

Meine Güte, war Nicki blau.

Dann nuschelte sie wieder: „Isch liebe nur Raymond. Raymond ist der einschige Junge –.“

Junge? Der war kein Junge.

„Einschige Junge mit Geschmack."

Na ja, konnte sein.

„Und er küscht so gut."

Aha!

„Raymond! Küsch misch!"

„Lass die Finger von Nicki!", schrie ich ihn an.

Raymond lächelte geringschätzig und ging.

Nicki war völlig neben sich. Wie viel hatte sie bloß getrunken? Ich musste sie unbedingt dazu bringen, sich zu übergeben.

Endlich draußen steckte ich ihr widerwillig den Finger in den Hals und sie würgte zum Gotterbarmen, während ich intensiv ein halb zerfetztes Kukident-Plakat betrachtete. Christines Auto fand ich nicht wieder und aus Nickis Taschen zog ich zwar lauter schicke Sachen wie eine glitzernde Puderdose und drei Lippenstifte in lila, schwarz und neongrün, aber nichts, was ich einem Taxifahrer in die Hand hätte drücken können. Wir hatten mehrere Kilometer zu Vanessas Elternhaus zu laufen und Nicki war viel zu blau, um überhaupt aufrecht zu torkeln. Ich hatte das Gefühl, einen Elefanten hinter mir herzuschleifen. Und dabei war Elefant noch untertrieben, sie war schwer wie ein gestrandeter Wal. Auf einer Parkbank sackten wir schließlich zusammen und mir schwante Übles: Frierend und zähneklappernd die Nacht hier verbringen. Wunderbar! Genau das, was mir zu meinem Glück noch gefehlt hatte. Ein Auto hielt plötzlich neben uns.

Der Fahrer kurbelte das Fenster herunter und rief: „Ricarda?"

„Paul!", murmelte ich, als ich ihn erkannte.

„Was ist passiert?“ Er sprang aus dem Wagen.
„Nichts.“
Nicki kicherte albern und wiederholte: „Nüscht!“
„Sie muss ins Bett“, sagte ich.
„Sie muss zum Arzt“, sagte er.
„Nein!“, schrien Nicki und ich gleichzeitig.
„Für diese Spielchen habe ich kein Verständnis“, klang er böse. Er sah auch genauso aus.
„Wir haben nichts getrunken“, verteidigte ich uns.
„Isch schon“, laberte Nicki. „Und schwar ne gansche Menge.“ Dann kicherte sie wieder albern.
„Also ins Krankenhaus“, sagte Paul und ich schwieg. „Keine Angst, Ricarda, mein Freund arbeitet in der Notaufnahme.“
„*Ricarda?*“, flüsterte Nicki noch, bevor sie an meiner Schulter einschlief.

Im Krankenhaus wurde Nicki in ein Untersuchungszimmer gebracht und von Pauls Freund untersucht.
Es war das Krankenhaus, in dem auch ich lag. Und Ricarda, die fette Kuh, war immer noch an Maschinen angeschlossen, leblos und doch noch am Leben. Die Vorstellung, mich zu sehen, war grauenhaft, und trotzdem war ich neugierig. Schließlich überwand ich meinen Widerwillen und schlich auf die Intensivstation. Dort war es ruhig. Gespenstisch ruhig. Ab und zu huschte eine Krankenschwester auf leisen Kreppsohlen durch die Flure. Wenig später stand ich vor mir.

Wie ich da lag, so still und so wenig lebendig, das war schrecklich. Bleich und leblos sah ich aus, aber ich lebte. Das sagten die Maschinen, die regelmäßig piepten und blinkten.

Und ich fühlte nichts.

Im Bett lag mein Körper, aber hier stand ich. Nach drei Minuten verließ ich den Raum wieder und fand Paul und Nicki im Auto auf dem Parkplatz. Mit Nicki war alles in Ordnung.

Ich lotste Paul durch die Stadt zu den Winklers. Es hätte mir gleichgültig sein können, was er dachte, war es aber nicht. Ich wollte um keinen Preis, dass er schlecht von mir dachte. Nachdem ich mir endlich ein Herz gefasst hatte, weil ich so lange gebraucht hatte, die richtigen Worte zu finden, brabbelte Nicki ständig dazwischen und Paul verstand nichts. Resigniert gab ich auf. Eine Erklärung musste dann eben die nächsten Tage erfolgen.

Wenig später parkte er auf der Straße vor der Villa und wollte mir helfen, Nicki ins Haus zu begleiten. Ich lehnte ab. Jetzt musste alles schnell gehen. Vanessas Eltern waren noch nicht zu Hause, und auch sonst waren alle Räume dunkel. Ich dankte meinem Schicksal. Paul nickte mir wortlos zu und verschwand in die Dunkelheit. Das Licht auf dem Weg zur Haustür schaltete sich automatisch ein.

Ich schleppte Nicki neben mir her und belehrte sie laut über die korrekte Schrittfolge: „Rechter Fuß, linker Fuß, rechter Fuß."

„Was warn das fürn Grufti?", fragte Nicki.

„Rechter Fuß, linker Fuß – du hast beim Kotzen zu

lange auf das Kukident-Plakat geglotzt. Das war Paul, der uns nach Hause gebracht hat."

„Ich dachte, wir hatten kein Geld mehr?"

Sie hatte im Suff tatsächlich mitbekommen, dass ich in ihren Taschen nach Geld gesucht hatte?

„Die drei Packungen Gummibärchen in deiner Handtasche haben ihm gereicht", zog ich sie auf.

„Ich hatte Gummibärchen in der Handtasche? Das sagst du mir erst jetzt! Ich liebe Gummibärchen. Ich will Gummibärchen! *Sofort!* Am liebsten die roten."

„Halt endlich die Klappe!"

Im Haus legte ich Nicki in mein Bett. Ich achtete darauf, dass sie auf der Seite lag, für den Fall, dass sie sich noch einmal übergeben musste. Bevor ich ging, zog ich ihr auch noch schnell die Sachen aus, wusch ihr Gesicht und deckte sie zu. Das Haus verließ ich in Joggingkleidung. Ich lief los und erstarrte. Hinter der Straßenecke stand Pauls Wagen. Er selbst lehnte an einer Mauer und sah aus, als ob er alle Zeit der Welt hätte. Jetzt wäre der richtige Moment gewesen, ihm alles zu erklären. Er schien es zu erwarten. Nur machte ich keine Anstalten, stehen zu bleiben. Ich musste Christines Wagen wiederfinden.

„Jetzt noch joggen? Ist das nicht ein bisschen spät?"

„Geht es dich was an?", blaffte ich im Vorbeilaufen.

„Wohnst du da gar nicht?" Er nickte Richtung Winkler-Villa. „Soll ich dich nach Hause bringen?"

Ich zögerte, dann fragte ich: „Könntest du mich zurück zum *Fabians* fahren? Ich habe etwas vergessen."

Er musterte mich lange, bis meine Haut zu kribbeln anfing. „Kein Problem."

Er stellte keine Fragen mehr. Schweigend brachte er mich zu der Diskothek und wir verabschiedeten uns. Nach ein paar Minuten hatte ich Pfadfinderglück und fand Christines Auto. Ich fuhr es sicher in die Garage zurück. Niemand hatte etwas gemerkt und darüber war ich so erleichtert, dass ich fast geheult hätte. Nur Christine schaute mich am nächsten Tag sehr lange an. Ihr Wagen stand nun anders herum in der Garage und sie schien zu ahnen, dass es etwas mit mir zu tun hatte. Aber sie sagte nichts.

Am Sonntag stand ich auf wie jeden Morgen und lief eine Runde. Fünfzehn Minuten, mehr war auch heute nicht drin. Vanessa konnte schneller galoppieren als der Reitlehrer? Wahrscheinlich hatte sich sein Pferd an der Stalltür festgebissen. Schon allein die Trense zu halten, müsste Vanessa an den Rand der Erschöpfung gebracht haben. Vielleicht war sie wirklich einmal eine gute Reiterin gewesen, aber ihre nächtlichen Aktivitäten hatten mehr als nur an ihrem Lack gekratzt.

Als ich zurückkam, ging ich sofort in die Küche, toastete Weißbrot und kochte ein Ei zum Frühstück, stellte Butter und noch ein Glas Himbeerkonfitüre auf das Tablett und schlich mich zurück in mein Zimmer. Nicki würde sicherlich nicht viel herunterkriegen.

„Nicki“, flüsterte ich ihr ins Ohr.

„Was ist denn?“, brummte es unter der Bettdecke.

„Wach auf! Du musst zu Hause anrufen.“

„Lass mich schlafen.“

„Nicki, deine Eltern. Die machen sich bestimmt Sorgen.“

Keine Reaktion.

Ich gab es schließlich auf und suchte nach Vanessas Adressbuch. Im Schreibtisch wurde ich fündig. Ich wählte Nickis Nummer und ließ es x mal klingeln, bevor ich auflegte. Nach einer halben Stunde versuchte ich es noch einmal. Diesmal hatte ich mehr Glück.

„Guten Morgen, hier spricht Vanessa Winkler.“

„Guten Morgen Vanessa. Wie geht es dir?“, fragte Nickis Mutter.

„Sehr gut. Ich wollte nur Bescheid sagen, dass Nicki bei mir ist.“

„Das weiß ich doch. Ihr hängt doch immer zusammen. Grüß das Mädchen von mir. Tschüss“, und sie legte auf.

Ein Geräusch aus dem Bett ließ mich zu Nicki hinüberblicken.

„Nicki, alles okay mit dir? Hast du Hunger? Oder willst du etwas trinken. Ich habe Kräutertee.“

„Raymond“, flüsterte sie.

„Spinnst du?!“, entfuhr es mir. Musste sie jetzt an diesen Typen denken?

Nicki warf sich schwer atmend auf die andere Seite. Ich wartete, ob sie noch etwas sagen würde, aber als sie nichts weiter tat, als zu schnarchen, kramte ich Vanessas Tagebuch hervor und blätterte darin herum. Moralisch betrachtet verwerflich, ich weiß. Aber hier ging es um Nicki. Was war mit Nicki und Raymond? Raymond war viel zu alt für Nicki. Und wusste

Vanessa irgendetwas von den beiden? Oder war Vanessa in Raymond verliebt? Wenn es so war, ging es mich natürlich nichts an.

Ich klappte das Tagebuch zu, klappte es wieder auf, wollte es wieder zuklappen, sah Nicki im Bett schlummern und fing an zu lesen:

Ich habe es versaut! Ich habe es total versaut! Es ist mein Geburtstag und es sollte der schönste Geburtstag in meinem Leben werden. Ich wollte Raymond verführen und es endete damit, dass ich ihm auf die Schuhe gekotzt habe. Das war furchtbar! Aber ich konnte nicht anders, mir war so schlecht. Mir ist immer noch schlecht.

Nicki rührte sich. „Was machst du da?"

„Nichts. Wie geht es dir?"

„Schlecht."

Ich verdrehte die Augen. Wenn ich noch einmal das Wort *schlecht* hörte, würde ich mich hier gleich auf Vanessas weißen Teppich übergeben.

„Was war eigentlich gestern los?", fragte Nicki.

„Du hast zu viel getrunken."

Nicki nahm sich einen Toast, musterte ihn, verzog gequält das Gesicht und warf ihn zurück auf den Teller.

„Hab ich das?", fragte sie ungerührt, als ob es nicht um sie ginge.

„Ja." Ich erinnerte mich an ihre Mail an Vanessa, in der sie geschrieben hatte, dass ich die langweiligste Person der ganzen Schule wäre. Es hatte mich verletzt.

„Ach was!", entgegnete Nicki mit einer wegwerfenden Handbewegung. „Und wenn schon. Machen doch alle!"

Ihr Art, wie sie sprach und was sie sagte, machte mich wütend. „Das machen nicht alle. Ich trinke zum Beispiel nicht."

„Du?", piepste Nicki und sah mich verwundert an.

Ich redete mich in Rage. „Blickst du es nicht mehr, Nicki? Du trinkst! Und du trinkst eine ganze Menge, mehr als du vertragen kannst, mehr als man überhaupt vertragen kann."

„Ach ja und du bist ein Unschuldsengel!"

„Nein, ganz bestimmt nicht, aber ich trinke nicht", sagte ich bestimmt.

„Und ich bin Daisy Duck und wohne in Entenhausen", schnappte sie und ging unter die Dusche.

♡

Sechs Uhr morgens. Joggen. Achtzehn Minuten. Na, wer sagt's denn, ich steigerte mich. Danach duschte ich und radelte zum Geschäft. Um zehn vor neun stand ich vor der Tür und mir zitterten die Knie. Nicht nur wegen des Fahrradfahrens, sondern auch weil ich nicht wusste, wie ich Paul unter die Augen treten sollte.

Paul schloss die Tür auf und verriegelte sie hinter mir wieder.

„Um diese Zeit kommt meistens niemand, und ich wollte in Ruhe mit dir reden", erklärte er.

Er feuert mich, war mein erster Gedanke. Und ich konnte es ihm noch nicht einmal verdenken. Bevor er mir kündigte, wollte ich jedoch noch schnell loswerden, was mir auf dem Herzen lag: „Ich möchte mich für deine Hilfe bedanken. Das war nett von dir. Und sowieso, es war nicht so, wie es vielleicht ausgeschaut haben mag. Wir haben nur ein wenig gefeiert und …"

„Ist deine Freundin okay?", unterbrach er mich.

„Ja sicher, aber wir haben nicht getrunken. Ich meine, nicht *so* viel getrunken."

„Solange du für mich arbeitest, sowieso nicht", sagte er kühl und dann, als ob es den Vorfall und dieses Gespräch nicht gegeben hätte: „Ich muss zu einem Außentermin. Könntest du in der Zeit auf den Laden aufpassen?"

„Ich bin nicht entlassen?", rutschte es mir heraus.

„Du hast ja nicht bei der Arbeit getrunken."

„Ich habe gar nicht getrunken."

„Das ist letztendlich deine Privatsache. Ricarda, lass es mich einfach nur ganz kurz sagen. Ich habe nichts gegen ein Glas Wein bei einem Essen oder ein Glas Bier in Gesellschaft, aber nicht immer und nicht ständig und schon gar nicht, wenn ich so sternhagelvoll bin, dass ich nicht mehr weiß, was ich sage oder tue. Ich habe sehr gerne die Kontrolle über mein Leben und ich finde, das sollte jeder: die Kontrolle über sein Leben behalten."

Er sah mich an und ich schwieg betroffen, dann schüttelte er entschuldigend den Kopf. „Tut mir leid. Das ging jetzt zu weit. Ich wollte nicht so heftig werden. Nun, ich muss los."

„Natürlich! Ich kümmere mich um den Laden", sagte ich und er sah mich lächelnd an.

„Das weiß ich und das machst du auch ganz prima!"

„Danke“, flüsterte ich, nachdem er gegangen war.

Was fühlte ich mich blöd, weil er so Recht hatte mit dem, was er sagte, und weil ich auch gegen das Trinken war, und weil er glaubte, ich wäre die Person, die ich nun mal nicht war. Und ich war so schrecklich verliebt in ihn und wollte unbedingt, dass er gut von mir dachte, was er ganz offentsichtlich nicht tat.

Zugegebenermaßen war ich enttäuscht, dass er mich nicht mitgenommen hatte. Er war noch nicht mal auf die Idee gekommen, mich zu fragen, ob ich mit wollte. Seufzend suchte ich ein Tuch und wischte die Regale ab. Gegen Mittag war ich fertig.

Da wir durchgehend geöffnet hatten, flitzte ich schnell nach hinten in die Küche, um mir einen Tee zu machen. Im Regal fand ich nur Kamillentee. Mein Überlegung, mir schnell eine Tasse Schokolade vom gegenüberliegenden Café zu holen, wurde durch die klimpernde Ladenglocke durchkreuzt. Ich goss mir ein Glas Wasser ein und kehrte in den Verkaufsraum zurück. Dort überraschte ich eine Kundin, die etwas hastig in die Jackentasche steckte. Da sie mir den Rücken zuwandte, erkannte ich sie nicht sofort.

„Ähem, haben Sie nicht etwas vergessen?“, fragte ich, als sie den Laden, ohne zu bezahlen, verlassen wollte.

Sie drehte sich um und wurde puterrot.

Es war Swantje.

Swantje aus meiner Klasse.

„Vanessa! Du arbeitest? Ich meine, du arbeitest hier?“

„Ja, und wenn du nicht bezahlst, war das heute nicht mein erster Arbeitstag, sondern mein letzter.“

Das Puterrot vertiefte sich zu einem Umbra, einem tiefdunklen Braun. Sie zog einen Herzbilderrahmen aus Messing aus der Tasche, zögerte und fragte vorsichtig: „Du wirst mich doch nicht anzeigen, oder?“

„Nein. Dreizehn Euro neunzig.“ Und als ich das Geld kassiert hatte, fragte ich sie ausgesucht freundlich, als ob nichts gewesen wäre: „Willst du eine Tasse Kamillentee?“

Sie lächelte gequält und ich grinste. Ich kannte niemanden, der Kamillentee mochte. Und Swantje einen Kamillentee anzubieten, war meine Art von Rache.

Ich feixte, als ich ihr eine Tasse Tee, extra stark und lange gezogen, brachte.

„Wie geht es dir?“, fragte ich sie.

„Mein Vater ist kaum noch zu Hause. Und meine Mutter ist verletzt, wie du dir denken kannst. Angesichts der Situation“, fing sie an zu erzählen und rührte nervös im Tee herum.

„Dein Vater hat deine Mutter verlassen?“

Swantje nickte.

„Brauchst du jemanden zum Reden? Ich habe etwas Zeit. Momentan sieht es nicht so aus, als ob man an der Kasse Schlange steht.“

„Ich wusste nicht, dass dich das interessiert“, sagte sie und sprudelte los: „Mein Vater will sich endgültig von meiner Mutter trennen. Und sie versucht, sich nichts anmerken zu lassen. Sie sagt, egal was passiert, man muss Haltung bewahren.“

„Ach ja“, entgegnete ich lediglich.

„Das hat sie von meiner Oma. Die meint immer, und wenn einem das Dach über dem Kopf abbrennt, man zeigt keine Angst, sondern Haltung. Nur so bekäme man Respekt."

„Auch wenn das Haus brennt?", fragte ich erstaunt.

„Ja."

„Auch wenn es um das eigene Leben geht?"

„Sieht so aus."

„Lebt Deine Oma noch?"

„Ja."

„Na, dann will ich mal hoffen, dass es nie bei euch brennt", sagte ich und trank einen Schluck Wasser.

Sie beobachtete mich, immer noch fleißig in der Tasse rührend. „Warum trinkst du eigentlich keinen Kamillentee?"

Ich war ganz ernst, als ich antwortete: „Kamillentee ist ekelhaft!" Dann starrten wir uns an, bis wir hemmungslos losprusteten.

Sie stellte die Tasse ab und fragte: „Und wie sieht's bei dir aus? Ist dein Vater schon ausgezogen?"

Ich wollte gerade nach ihrer Tasse greifen, um sie wegzustellen, doch meine Hand verharrte in der Luft. „Hatte ich behauptet, mein Vater wollte ausziehen?"

„Nicht direkt. Du hast mal erwähnt, dass deine Eltern wenig miteinander reden und dein Vater so viel unterwegs ist. So fing es auch bei meinen Eltern an, da dachte ich …"

Wir wurden unterbrochen, weil ein Kunde eintrat. Swantje verabschiedete sich und ich tat die Arbeit, für die ich bezahlt wurde. Gegen Nachmittag kam Paul zurück und wirkte ausgesprochen zufrieden. Er ging ohne Umschweife ins Fotolabor. Um sechs schloss ich die Tür ab und zählte den Inhalt der Kasse. Das war eine magere Ausbeute. Bei meinem Stundenlohn konnte ich nur hoffen, dass er mit seinen Porträtaufnahmen mehr verdiente, sonst müsste er mich mit Filmen und Fotopapier bezahlen. Ich klopfte an die Tür seiner Dunkelkammer und sagte, dass ich abgerechnet hätte und Feierabend machte.

„In Ordnung. Dann morgen um neun."

Paul war vollkommen in seine Arbeit vertieft. Ich hätte ihm gerne beim Aussuchen und Vergrößern der Fotos geholfen, doch ich wollte mich ihm nicht aufdrängen.

„Tschüss Paul", verabschiedete ich mich und wartete unentschlossen vor der Labortür. Vielleicht bestand doch noch ein winziges Fünkchen Hoffnung, dass er um meine Hilfe bat.

„Tschüss Ricarda", kam es knapp.

Ich stieg enttäuscht auf mein Rad.

Was sollte ich schon zu Hause? Das Wetter war herrlich. Ich sah eine Telefonzelle und automatisch ging meine Hand zum Handy. Sollte ich jemanden anrufen? Wen? Lilly? Warum?

Als ich am Eiscafé vorbeikam, sah ich dort Sebastian mit seinen Freunden Oliver und Rolf sitzen. Rolf sah aus, als ob er regelmäßig ins Fitness-Studio ging. Olli hatte abgenommen. Trotzdem sah Sebastian am besten aus. Ich stieg vom Rad und begrüßte ihn gut gelaunt mit einem Wangenkuss. Er schaute benommen und die beiden anderen glotzten dümmlich.

„Was gibt's Neues? Erzählt doch mal!", forderte ich die drei auf.

Sie starrten mich nur sprachlos an.

„Ihr seid heute nicht sehr gesprächig." Ich wandte mich zum Gehen.

„Warte doch." Sebastian sprang auf und folgte mir. „Das war nicht so gemeint. Es ist nur –"

„Es ist nur, was?", fragte ich ungeduldig.

Wir standen außer Hörweite der anderen, aber in ihrem Blickfeld.

Sebastian druckste herum, bis die Frage endlich heraus war. „Darf ich dich nach Hause bringen?"

„Klar."

„Du bist das tollste Mädchen der Schule."

Ich freute mich riesig über das Kompliment, auch wenn mir klar war, dass er nicht mich meinte. Aber ich hatte noch nie ein Kompliment bekommen und fühlte mich auf einmal wunderbar.

„Bin ich das?", säuselte ich ihn an. Ricarda, jetzt nur nicht übereiben!

„Die anderen fragen sich, ob wir miteinander gehen."

Ups! Wie reagierte man auf so etwas?

„Du hast mich geküsst."

Ich sah ihn an! Der Spinner! „Ich habe dich auf die Wange geküsst", verbesserte ich ihn.

„Ja, und –"

Ich lächelte und wartete.

„Ich –"

Konnte Sebastian nicht in vollständigen Sätzen sprechen? Worauf wollte er hinaus?

Plötzlich umfasste er meine Hand und sagte: „Ich bringe dich nach Hause."

Ich starrte mehr als verblüfft auf unsere ineinander

verschränkten Hände und brachte nur ein heiseres „Okay!“ heraus.

Abends im Bett fragte ich mich, was ich mir eigentlich dabei gedacht hatte, mit Sebastian zu flirten. Gut es hat Spaß gemacht, aber war es fair? Ich wollte keinen Freund. Reine Zeitverschwendung. Ich meine, bisher habe ich es immer so betrachtet, weil ich keine Angebote hatte. Und da war es leichter zu behaupten, man habe deswegen keinen Freund, weil man keine Zeit für einen Freund hatte. Aber eigentlich hatte ich unheimlich viel Zeit, aber keine … Angebote (ich wiederholte mich) und sowieso, als Stacheldraht war es schwierig, einen Freund zu erobern … äh … ??? …was für'n Schrottfilm lief denn da gerade in meinem Kopf ab?

Mein Tagesrhythmus war erstaunlich vorhersehbar. Er wurde vom morgendlichen Joggen um sechs Uhr und von meiner Tätigkeit im Geschäft bestimmt. In meiner dritten Woche bei den Winklers hatte ich mich allmählich eingelebt. Ich lebte noch. Die Familie ließ mich in Ruhe. Sie stellte noch nicht einmal Fragen. Mit der Bemerkung von Swantje im Kopf beobachtete ich Eriks Verhalten.

Ich wusste, es war albern, seine Hemdkragen unauffällig nach Lippenstiftflecken abzusuchen oder seine Jackentaschen nach einer Hotelrechnung. Aber eine gewisse Neugier konnte ich mir nicht verkneifen. Ich sah Vanessas Eltern auf einmal mit anderen Augen. Wie küsste er sie zum Abschied? Machte er häufiger Überstunden? Wirkte sie gereizt? Geriet sie in ungehemmte Kaufräusche von Schuhen?

Fehlanzeige. In dieser Familie gab man nicht einen Fehler zu oder eine Niederlage oder überhaupt menschliche Gefühle. Was hatte Swantje über Haltung gesagt?

♡

Nach zwei Wochen bei Paul konnte ich mich nicht mehr beherrschen. Ich platzte regelrecht.

„Warum hast du mir eigentlich so schnell das Geschäft überlassen? Du kanntest mich doch gar nicht."

„Du meinst, als ich dich gleich beim ersten Mal allein ließ. Mit all diesen schönen Kameras und Fotoalben und der Kasse?", alberte er, wobei er theatralisch mit einer weit ausholenden Armbewegung auf seine Ware und die Registrierkasse deutete.

„Abgesehen von der gähnend leeren Kasse war es doch riskant, einfach zu verschwinden. Ich hätte alles mitgehen lassen können?"

„Wie kommst du denn auf sowas? Sind denn siebzehnjährige Mädchen nicht ehrlich?", antwortete er mit einer Gegenfrage.

Über Ehrlichkeit und Unehrlichkeit von Siebzehnjährigen wollte ich nun nicht mit ihm diskutieren.

„Bekomme ich noch eine Antwort oder willst du dich rausreden?" Ich wartete, die Hände in die Hüften gestemmt, denn ich hatte nicht vor, ihn mit einem Scherz davonkommen zu lassen.

„Du willst eine Antwort?“

Ich verdrehte die Augen.

„Ich sehe, es ist dir ernst. Ich habe dich nicht unbeaufsichtigt gelassen. Jedenfalls nicht ganz. Ich habe mit einem Freund, sein Name ist Miguel, auf der anderen Seite der Straße gesessen. Dort im Café *Monique*. Ich rechnete jede Minute damit, dass du mit gefüllten Plastiktaschen aus dem Laden hetzen würdest und auf Nimmerwiedersehen verschwinden. Nach einer halben Stunde wurde ich unruhig. Miguel erinnerte mich daran, dass das Geschäft eine Hintertür hat, und ...“

„Das meinst du jetzt nicht ernst“, rief ich empört. Er sah mich verschmitzt an. Ich wusste seinen Gesichtsausdruck nicht zu deuten und hakte nach: „Und dann hast du Miguel rübergeschickt, um nachzusehen, was die Kleine in deinem Geschäft wohl so anstellt?“

„Nein, nein, ganz so ist es nicht gewesen. Es war Miguels Idee, sich hier umzuschauen und die Kameras zu zählen, damit er mir nachher vorrechnen konnte, wie viel du als Diebesbeute eingesteckt hast.“

Ich war echt entrüstet. „Miguel war der gewesen, der die Filme gekauft hat, stimmt's?“

„Woher weißt du das?“

„Ganz einfach. So, wie er hereinkam, den Adlerblick auf mich gerichtet, war er entweder auf die Kasse aus oder auf mich.“

„Miguel guckt jede Frau so an“, scherzte Paul.

„Soso. Und als er feststellte, dass ich ehrlich bin, warst du beruhigt.“

„Davon hat er mir nichts erzählt. Er hat mir lediglich gesagt, dass man einer Frau, die so schön aussähe wie meine neue Assistentin, nie zeigen dürfe, dass man ihr misstraue. Das verletze ihren Stolz.“

Ich kicherte. So ein Quark! Aber es war auch reizend. „Er hat dir nicht erzählt, dass er mich zu einem Candle-Light-Dinner eingeladen hat? Nur er und ich und eine Kerze auf dem Tisch?“

Paul lachte auf. „Das ist typisch Miguel. Nein, hat er nicht. Er sagte nur, du wärst eine fabelhafte Geschäftsfrau, weil du ihm sechs Filme verkauft hast, obwohl er eine Digitalkamera besitzt.“ Paul streckte plötzlich seine Hand aus und fragte: „Freunde?“

Ich brauchte nicht lange zu überlegen. „Freunde“, sagte ich und schlug ein. Den Stich im Herzen ignorierte ich. Ich wollte mehr als nur einen Freund. Aber Paul zum Freund zu haben, war wenigstens ein Anfang.

Wenig später zahlte er mir mein erstes Geld aus. Das entspannte meine finanzielle Lage erheblich. Kaum war ich aus dem Laden, rief ich Nicki an.

„Was wollen wir heute Abend machen?“

„Ich vermute, dass du nicht ins *Fabians* willst?“

„Richtig.“

„Ich habe nachgedacht. Du hast Recht. In den letzten Monaten bin ich total abgesackt. Ich glaube, ich sollte nicht mehr so viel trinken.“

„Du solltest gar nichts trinken. Damit ruinierst du dir die Leber.“ Und bevor sie mich wegen meiner Besserwisserei anmeckerte, fragte ich sie: „Wollen wir ins Kino? Ich lade dich ein, habe heute mein erstes Geld gekriegt.“

Nach dem Kino, ein Liebesfilm, fühlten wir uns so richtig beschwingt, also lud ich Nicki auch noch zum Eis ein.

Als wir uns über einen riesengroßen Freundschaftsbecher beugten, fragte sie mich: „Warum kommst du eigentlich nicht mehr zur Fahrstunde?“

Ich nagte am Eislöffel, um Zeit zu schinden für eine Antwort. Nicki wusste nichts über den Streit mit Vanessas Vater. „Mein Vater will nicht.“

„Er will nicht, dass du deinen Führerschein machst?“ Nickis Augen wurden so groß wie die Eiskugeln vor uns.

„Ich habe Hausarrest“, erklärte ich.

„Das sieht man“, lachte Nicki.

Ich grinste. „Nein, ehrlich, ich habe Hausarrest und alle Vergünstigungen sind mir gestrichen worden. Bei guter Führung lässt man mich für ein paar Stunden raus. Und die Fußfessel, die Gefangene auf Freigang um den Knöchel tragen, habe ich durch Timmi entschlüsseln lassen.“

Nicki kicherte: „Das mit der Fußfessel gefällt mir besonders gut an deiner Geschichte. Ich hoffe, sie ist wenigstens aus Gold.“

So schwatzten wir eine ganze Weile, bis in mir der Gedanke aufkeimte, dass ich Fahrstunden, auch ohne *Papas* Zustimmung, nehmen würde. Und dann war da noch eine verrückte Idee, aber auf die würde ich später zurückkommen.

Ich lag immer noch im Koma. Meine Mutter arbeitete in einer Fußballkneipe, wo die Trinkgelder besonders üppig flossen, wenn die Männer gewonnen hatten. Und ich hatte meine erste Fahrstunde und einen Riesenbammel.

Es sollte Einparken geübt werden. (Ich konnte noch nicht einmal rechts abbiegen, ohne eine Mülltonne umzufahren, geschweige denn irgendwo ohne Blechkontakt einparken. Neinnein, anders, ich als Ricarda hatte *überhaupt* keine Ahnung vom Fahren. Wie ich es geschafft hatte, Christines Wagen ohne Totalschaden wieder in die Garage zu stellen, war sogar mir völlig schleierhaft. Ich musste einen Knall gehabt haben, dass ich es überhaupt versucht hatte, und ein Riesentalent! Jep!)

„Vanessa, starten Sie den Motor und legen Sie den ersten Gang ein."

„Ja, Herr Großkotz."

„Wie bitte?", fragte er.

Ich sah im Rückspiegel, wie Nicki gestikulierte.

„Ja, Herr .." und jetzt sag bloß nicht Kotzgroß, versuchte ich mich darin zu bremsen, das laut auszusprechen, was in meinem Kopf vor sich ging.

Nicki trat leidenschaftlich in Aktion und verteidigte mich: „Herr Groß*klotz*, meine Freundin plagt der Heuschnupfen und dann lispelt sie immer."

Oh mein Gott, er hieß GroßKLOTZ? „Großklotz-Großklotz-*Kloßgrotz*", murmelte ich gestresst und verdrehte die Augen.

Natürlich lispelte ich nicht. Nicki sollte an ihrer Aussprache arbeiten. Hatte sie nicht immer von Groß*kotz* gesprochen? (Bis mir dämmerte, dass es ein Spitzname war, den Vanessa und Nicki ihm gegeben hatten.)

Er schien mit Nickis Erklärung zufrieden und sagte: „Blinken, in den Rückspiegel schauen, in den Seitenspiegel gucken, dann links zur Seite nach hinten umdrehen und schauen, und ausscheren."

„Alles auf einmal?", fragte ich verwundert.

„Äh … nein, nacheinander", stammelte er.

Ich atmete erleichtert auf. „Und wenn jetzt jemand kommt? Niete ich den um?" Das war ein Scherz und sollte die Anspannung im Wageninneren auflockern.

Nicki kreischte entsetzt auf und Herr Großkotz, äh Klotz, atmete geräuschvoll ein. „Vanessa! Haben Sie denn gar nichts gelernt?"

„Ich gebe mir Mühe", presste ich hervor.

Er lehnte sich mit einem geächzten „Schön!" zurück.

Diese Fahrstunde war anstrengend. Ich hatte das Gefühl, noch nie zuvor in einem Auto gesessen zu haben. Aber richtig kriminell wurde es, als ich einparken sollte.

Wir fuhren auf den großen Parkplatz eines Supermarktes, der nahezu voll war, und auf dem jeder zum Rambo wurde, wenn er einen unbesetzten Parkplatz sah. Herr Großklotz drehte das Fenster herunter, zeigte auf eine freie Parklücke und winkte demonstrativ, so dass jeder begreifen musste, dass hier jetzt seine *hoch talentierte* Fahrschülerin einparken würde.

Ein schwarzer BMW (und wir wissen, wie eingebildet BMW-Fahrer sind) und der Golf, in dem ich unglücklicherweise saß, trafen, nur Mikrometer voneinander entfernt, vor der Parklücke aufeinander. Ich guckte Herrn Großklotz großäugig an, während dieser, sich seiner Sache sehr sicher, zurücklehnte und mir damit signalisierte, dass ich doch bitte einparken solle.

Der BMW-Fahrer, sich seiner Sache ebenso sicher, und darüber hinaus auch noch mit viel mehr PS unter der Haube als der Golf, heizte seinem Motor ein, so dass er aufheulte.

Herr Großklotz schrak hoch und mit seiner Selbstsicherheit war es augenblicklich vorbei. Er streckte den Kopf aus dem Fenster und keuchte auf, als er sah, dass wirklich nur wenige Millimeter fehlten, um seinem Auto eine schwere Verletzung in Form einer hässlichen Schramme zuzufügen.

Der BMW heulte erneut auf. Da ich nun ungern nachgab, auch wenn ich die Klügere war, versuchte ich das Gleiche mit dem Golf-Motor. Ich gab Gas, dabei vergaß ich, wie genau das mit dem Schalten ging, der Wagen ruckte sprungartig nach vorne und schon standen wir in der Parklücke. Schräg, aber glücklich. Jedenfalls war ich glücklich. Herr Großklotz nicht. Der schnaufte, Nicki lachte, ich grinste von Ohr zu Ohr und der BMW-Fahrer zeigte mir einen Vogel.

„Wenn Sie bei der Prüfung so einparken, fallen Sie durch“, schnauzte Herr Großklotz völlig außer sich.

„Ich finde, das hat meine Freundin prima gemacht“, verteidigte Nicki mich, und ich dachte mir meinen Teil, während ich dem Fahrer im anderen Auto die Zunge rausstreckte. Dann verabschiedete ich mich und nahm den nächsten Bus zum Fotogeschäft.

Es war Samstagmorgen, fast noch Nacht, und Nicki wartete an der Bushaltestelle, zwei Straßen weiter. Frisch geduscht, geföhnt und gestylt schlich ich mich aus dem Haus.

Eriks Auto stand *vor* der Garage.

Christines Mercedes Coupe *in* der Garage.

Theoretisch!

In Wirklichkeit stand Christines Auto in einer ruhigen Seitenstraße. Da, wo ich es am Abend zuvor geparkt hatte.

Während ich das Grundstück verließ, überlegte ich kurz, ob ich Erik statt der Garagen-Fernbedienung Christines Ladyshave unterjubeln sollte, damit er sein Auto nicht in die *leere* Garage fahren konnte. Ich verwarf die Idee.

Ja, ich hatte einen Knall und ich fand das gar nicht schlimm. Ich war so frei, den Coupe für den Vormittag auszuleihen.

Uuups!

Kein spontaner Einfall, aber ein guter. Und wenn schon! Vanessa müsste es ausbaden, wenn es herauskäme. Ich war Ricarda und heute Morgen hätte ich die Welt umarmen können.

Ich schaffte es irgendwie zur Bushaltestelle. Gar nicht übel, nur drei Bordsteinkanten, über die ich rumpelte.

Nicki war pünktlich und fiel hinten über, als sie mich im Mercedes Coupe sah.

„Ich glaub es nicht!“, schrie sie hysterisch. „Deine Mutter hat dir tatsächlich den Schlüssel für ihr Auto gegeben?“

Ich kicherte, mindestens ebenso hysterisch wie Nicki: „Natürlich nicht, aber fährt jetzt ein Bus?"

„Nö", sagte Nicki und sprang jubelnd in den Wagen. „Fährt keiner, habe die Abfahrtszeiten studiert und mich schon gewundert, was ich hier um diese nachtschlafende Zeit soll."

„Lass uns zum See fahren." Ich warf Nicki einen Stadtplan in den Schoß und brauste los.

Es war herrliches Wetter und ich öffnete das Verdeck. Eine Kleinigkeit, nachdem ich den Zigarettenanzünder, die Bedienung für die Seitenspiegel, die Musikanlage und die automatische Rückenlehne ausprobiert hatte. Es blieb nur noch ein Knopf übrig, und tatsächlich, er war es. Wir quietschten vor Freude.

„Beim letzten Mal hättest du fast einen BMW gerammt. Wie kannst du jetzt nur so gut Auto fahren? Das ist der helle Wahnsinn", schrie Nicki entzückt.

„Imagination!", antwortete ich spontan und freute mich über ihr Lob.

Wie leicht es doch war, sich vorzustellen, dass man Dinge könne, die man eigentlich nicht kann. Und was tat ich hier eigentlich? Mit einem geklauten (äh, geliehenen) Wagen durch die Gegend kurven (und hoffentlich keinen Totalschaden verursachen)???

NEIN! Ich genoss das Leben. Yeah!

„Redest du von Einbildung?", fragte mich Nicki verwirrt.

„Nicki! Imagination ist mehr als Einbildung. Es ist lebenserhaltend. Es ist das, was man tut, wenn man träumt, man wäre ein Supermodel oder stinkreich oder so sexy, dass alle Schauspieler, wie zum Beispiel

Orlando oder Zac oder Robert, na du weißt schon, die ganzen Vampire, tierisch auf dich abfahren."

„Ich mag kein Blut, besonders nicht, wenn es fließt", sagte Nicki angeekelt.

„Imagination ist die Vorstellung von etwas. Ich imaginiere ständig, dass ich eine berühmte Fotografin werde. Und?"

„*Du?* Du kannst ja noch nicht einmal mit dem Handy fotografieren. Auf deinen Bildern sehe ich grauenhaft aus."

Ich sah sie an. „Nicki! Ich werde eine berühmte Fotografin, weil ich mir vorstelle, dass ich es werde."

„Warum das denn?", kreischte Nicki gegen den Fahrtwind. „Du wolltest doch immer Mathe, Physik und Chemie studieren?"

Ich wollte WAS? Äh, Vanessa wollte … Mathe? … Physik? Und … äh, Chemie? Hatte sie vor, eine Atombombe zu bauen? „Ich habe meine Meinung geändert und halte die Fotografie für lebenswichtiger als Mathe."

„Ja, finde ich auch. Die Mathestudenten sollen auch so furchtbar knochig sein und käsig, weil sie nie an die Sonne gehen, und keine Ahnung vom Surfen haben."

Da musste ich ihr Recht geben, Mathestudenten waren bestimmt alle Oberlangweiler. Sie konnten vielleicht die Maße von Surfbrettern und deren Wellenbrechungsindex berechnen, aber niemals auf einem stehen – jedenfalls nicht so, dass es sexy aussah.

„Und wieso kannst du jetzt so gut Auto fahren?", bohrte Nicki weiter.

„Reine Vorstellungskraft. Ich stelle mir bildlich vor, wie ich dieses Auto von den Reifen bis zum Auspuff kontrolliere. Und wenn ich das Bild optisch vor Augen habe, dann verinnerliche ich es und singe laut: ‚Ooomm! Ooomm!'"

„Siehst du manchmal bunte Sternchen oder hast du öfter so ein Kribbeln im Kopf?" Nicki blickte mich an, wie jemanden, den sie nicht für zurechnungsfähig hielt.

„Ich bin nicht verrückt, Nicki. Du merkst doch, dass ich fahren kann, oder?"

Nicki kreischte los: „Ja, geil, was du machst, machst du richtig. Ich wäre auch gerne so wie du."

Tja, dachte ich bei mir, wenn du wüsstest, Nicki, dann würdest du schleunigst deine Meinung ändern. Niemand wollte so sein wie Ricarda Stacheldraht, aber ich gefiel mir in der Doppelrolle als *Ricar-nessa.*

Wir alberten die gesamte Strecke, bis Nicki einen hübschen Platz fand. Dort parkten wir den Wagen auf einem sehr großzügigen Parkplatz vor einer Sparkasse und kauften ein paar Brötchen an einem Kiosk. Wir fütterten die Enten, die ratschend angeflattert kamen, lachten viel, flirteten mit ein paar Jungs, die uns süß anlächelten, sich aber nicht trauten, uns anzusprechen, und erzählten uns tausend Sachen, so dass ich für einen Moment vergaß, wer ich wirklich war. Und dann war die Zeit vorbei. Wir mussten zurück. Ich tankte noch, bevor wir die Rückfahrt antraten, wobei Nicki das Benzin bezahlte. Das mochte ich an ihr. Sie war sehr großzügig. Als wir wieder in der Stadt waren, gerieten wir in einen Stau.

„Oh nee", ärgerte ich mich.

„Fahr hier raus, ich zeige dir einen anderen Weg."

Nicki blätterte schnell im Stadtplan, bis ihre Amy-Winehouse-Frisur bedenklich nach vorne kippte und mir die Sicht versperrte. Ich verpasste die richtige Abfahrt.

Nun war alles dicht. Wir kamen zum Stehen. Ich stellte das Radio an und die Musik lullte uns ein, bis Nicki mir den Ellenbogen in die Seite rammte und zischte: „Ist das nicht der Wagen deines Vaters?"

Ich drehte mich zur Seite. Ach, du heiliger Bimbam! Erik und Christine. „Runter!" Beide rutschten wir nach unten.

„Du musst fahren, Vanessa!", schrie Nicki, als die Autos vor uns wieder in Bewegung kamen.

„Wie denn? Ich sehe doch nichts", grunzte ich aus dem Fußraum.

„Vanessa, mach schon! Die hupen bereits hinter uns."

„Was soll ich denn deiner Meinung nach tun? Ein Loch durch das Bodenblech stampfen und treten wie Fred Feuerstein?", wehrte ich mich.

„Die gucken schon!", fiepte Nicki aufgeregt.

Sie linste vorsichtig über das Armaturenbrett, um unauffällig die Lage zu peilen, was schier unmöglich war bei einem Auto ohne Verdeck und einer Frisur, die an eine eingestürzte Pyramide erinnerte.

„Wir müssen uns schnellstens etwas einfallen lassen", schlug Nicki hilfreich vor.

Na ja klar, mussten wir uns etwas einfallen lassen, ich war doch nicht blöd. Darauf wäre ich auch allein gekommen.

Nach Sekunden angespannten Schweigens hatte ich

es. „Ein Kopftuch. Schling mir schleunigst ein Kopftuch um, und eine Sonnenbrille. Es müsste eine im Handschuhfach liegen. Mach schon, Nicki!“

Nicki packte ihren Haarturm und bugsierte ihn wieder nach hinten. Sie wühlte im Handschuhfach, wobei ihr Haarturm in mein Gesicht fiel.

„Ich kann nichts mehr sehen, Mann!“, meckerte ich.

„Ich auch nicht“, entgegnete sie, immer noch im Fach wühlend.

„Das kann doch wohl nicht so schwer sein, dort irgendetwas zu finden. So groß ist so ein Handschuhfach doch nicht.“

„Es ist aber dunkel hier drin. Ich sehe nichts.“

„Kein Wunder, wenn dein Haarteil dir vor den Augen hängt statt auf dem Kopf.“

„Ich hab’s“, rief sie schließlich. „Ich bin echt gut!“

„Ja, prima, und nun um meinen Kopf herum“, befahl ich ungeduldig.

Sie verknotete das Tuch und ich schrak zurück, als ich mich im Rückspiegel sah. „Das ist ein Herrentaschentuch. Ich sehe aus, als ob ich Zahnschmerzen hätte.“

„Es steht dir“, beruhigte Nicki mich, als uns plötzlich ein Mann in Uniform freundlich, aber bestimmt aus der Warteschlange winkte.

Mit schreckgeweiteten Augen blickte Nicki den Mann an, formte mit ihren Lippen ein O und rutschte Richtung Fußraum. Ein quietschendes „Ooomm!“ waberte von unten herauf.

„Alles in Ordnung bei Ihnen?“, fragte eine sonore Stimme, die ich sofort als polizeiliche Autorität erkannte, auch wenn ich nichts sah, da Christines Monstersonnenbrille mir jede Sicht versperrte. Sie hing irgendwo zwischen meinem Kinnknoten und Nickis Haarteil und ich hing über der Handbremse.

„Ich muss Sie darauf aufmerksam machen, dass Sie nicht angeschnallt sind“, sagte der Polizist.

Endlich schaffte ich es, die Brille aus Nickis Haarteil zu fummeln. Ich schob sie umständlich auf die Nase. Die großen Gläser veränderten mein Aussehen kolossal. Ich sah mit Brille nicht nur aus wie überdimensionale Stubenfliege, sondern wie eine Fliege mit Zahnschmerzen.

Nicki erhöhte die Frequenz ihres „Ooomms“ um einige Kilohertz, und ich starrte den Uniformierten an wie den Zahnarzt, den ich als Kind immer gefürchtet hatte. (Bis ich ihm eines Tages in die Hand gebissen hatte. Von da an hatte er mehr Angst vor mir als ich vor ihm.)

„Die Papiere bitte!“ Der Polizist streckte die Hand aus. Ich starrte auf seine Finger, bis seine Worte endlich Zugang in mein Gehör fanden. Natürlich! Die Papiere!

Gut, dass ich nicht nur an Christines Schlüssel gedacht hatte, sondern auch gleich an ihre Handtasche. Ich zückte das Täschchen, in dem kaum ein Handspiegel Platz fand, und entnahm ihm Christines Führerschein und die Fahrzeugpapiere. Dann legte ich theatralisch eine Hand auf meine Wange und röchelte.

Der Beamte ging einmal ums Auto und gab mir die Papiere mit einem mitleidigen Blick zurück. „Vielen Dank, Frau Winkler, und gute Besserung.“

„Ist das alles?!", piepste Nicki aus dem Fußraum.
„Halt die Klappe!", zischte ich in ihre Richtung, aber der Mann schien mich nicht gut verstanden zu haben.
Er fragte: *„Wie bitte?"*
Ich glotzte ihn an. „Äh, was für eine schöne Kappe!" Ich zeigte auf seine Uniformmütze und lächelte steif.
„Sie sollten besser auf Ihren Hund aufpassen, dass er nicht aus dem Wagen springt."
„Meinen Hund?", fragte ich verwirrt, bis es mir dämmerte. Er hielt Nicki für einen Bobtail.
Nicki besaß die Klugheit, genau im richtigen Moment ihre *Ooms* zu stoppen und war endlich ruhig und ich düste mit einem Lächeln los. Wir hatten freie Fahrt nach Hause.
„Was war das denn mit dem Oommm?", wollte ich von Nicki wissen.
„Imagination", erklärte Nicki fröhlich und warf ihr Haarteil über Bord.
„Du hast dir vorgestellt, du wärst ein Hund?", fragte ich verwundert.
„Nein, ich habe mir vorgestellt, dass ich unsichtbar bin. Und? Es hat prima geklappt, oder?"
Ich riss mir prustend das Taschentuch vom Kopf, dabei registrierte ich die gestickten Initialen P. K. – ein Herrentaschentuch mit Anfangsbuchstaben, die nicht denen von Erik entsprachen. Hatte das etwas zu bedeuten? Ich steckte es zurück in das Handschuhfach. Dieser Tag war der wohl aufregendste in meinem neuen Leben. Gut, dass er zu Ende war.

Nur mit Glück und dem Umstand, dass Nicki sich sehr gut auskannte, waren wir knapp einer menschlichen Katastrophe entgangen. Wir trafen vor Erik und Christine ein. Ich hatte das Garagentor gerade eingerastet, als Eriks Wagen auch schon die Auffahrt hochpreschte. Das hatte ich gut hinbekommen, wie auch die Therapiestunden.

Nachdem Christine mit dem Therapeuten vereinbart hatte, dass ich ihn jeden Dienstag aufsuchen sollte, was ich als pure Zeitverschwendung betrachtete, hatte ich mit ungeahntem Improvisationstalent (einmal tat mir das Knie weh, ein anderes Mal hatte ich Ohrenschmerzen) alle Termine ausfallen lassen. Christine gab es auf und sprach nicht mehr mit mir. Auch gut.

Aber da war noch meine Arbeit bei Paul. Und die bereitete mir zunehmend Bauchschmerzen …

Paul stand hinter dem Verkaufstresen, als ich am Montag erst gegen Mittag kam, zwar spät, aber bestens gelaunt. Der Laden war leer. Als er mich hörte, hob er den Blick von seinem Terminkalender und begrüßte mich freundlich.

„Sorry, ich komme zu spät, hatte noch Fahrstunde."

„Das ist okay. Es ist heute sowieso nicht sehr viel los. Und wie war es?"

„Was?"

„Deine Fahrstunde."

„Es ist wirklich nett, dass du fragst.“ Ich ging in die kleine Küche, um uns einen Grünen Tee zu machen.

„Und?“

Er war mir bis in die kleine Küche gefolgt und lächelte mich an, den Kopf leicht zur Seite geneigt, wie es seine Angewohnheit war. Es verging ein Moment des gemeinsamen Schweigens, während ich den Tee zubereitete. Sein Blick traf nicht nur meine Augen, sondern auch mein Herz, eher meine Nerven. Ich fühlte mich regelrecht durchgeschüttelt, so sehr zitterte ich, und, um mich abzulenken, beschäftigte ich mich ausgiebig mit dem Wasserkocher. (Dieser Kocher war eine gute Investition. Er stellte sich ab, wenn das Wasser die eingestellte Temperatur von 80°C erreicht hatte. Das machte die Handhabung eines Thermometers vollkommen überflüssig.)

„Ricarda, was ist mit dir?“

Was mit mir war?!

Ich konnte ihm wohl schlecht sagen, dass ich mich in verliebt hatte, oder?

Ich war noch nie verliebt gewesen und nun hatte es mich erwischt. Ich war außer mir und durfte es niemandem zeigen. Ich war durcheinander. Ich war nicht nur wegen Vanessa nicht mehr ich selbst. Ich befand mich auf einem falschen Planeten ...

Anstatt zu antworten, stellte ich eine Gegenfrage. „Wie alt bist du, Paul?“

Das war sicherlich nicht das, was er zur Antwort erwartet hatte. Er zögerte den Bruchteil einer Sekunde und sagte: „Sechsundzwanzig.“

„Au, das ist alt.“ Ich biss mir auf die Lippen. Was

plapperte ich denn da!? „Natürlich nicht *zu* alt. Ich meine, du siehst dafür ziemlich gut aus –" Das war es eigentlich auch nicht, was ich hatte sagen wollen. Wie schon gesagt, ich war nicht ich selbst.

Er schmunzelte.

Ganz offensichtlich machte ich gerade den Eindruck einer albernen Gans. Peinlich! Ich trat einen Schritt von ihm weg und beobachtete ihn. Er mich auch. Und plötzlich war es heraus, noch bevor ich darüber nachgedacht hatte, was ich wirklich sagen wollte.

„Männer wie du interessieren sich nicht für-für … äh, Siebzehnjährige?" (Ricarda, halt einfach die Klappe!)

Dafür tat er es und musterte mich.

„Männer wie du wollen eine-eine ... und kein-kein –" Ich ließ den Satz unbeendet. *Gerippe* fand ich nun doch zu krass, schließlich steckte ich in diesem Körper.

„Ich weiß nicht genau, worauf du hinaus willst", versuchte er mir entgegenzukommen.

Ich auch nicht!

Doch!

Ich wollte wissen, ob er sich für mich interessieren könnte.

Obwohl ich immer nervöser wurde, redete ich weiter (wieder ohne nachzudenken): „Wenn ich dich haben wollte, müsste ich zwanzig Jahre älter sein."

„Meine Freundin muss nicht unbedingt älter sein als ich."

Ich rechnete nach. Oh mein Gott! Hatte ich meinen Verstand an den Garderobenhaken gehängt?

„Zehn Jahre älter?", versuchte ich verzweifelt, meine eingeschränkte Gehirnfunktion zu vertuschen.

(Liebe machte nicht nur blind, sondern auch total blöd.)

Er kam auf mich zu und ich wich ihm aus. Mein Lächeln war erquält. Bevor Paul antworten konnte, ich fürchtete mich vor seiner Antwort, drehte ich mich ruckartig weg von ihm und sprach mit der Teekanne. „Ich verstehe dich durchaus. Du brauchst keine Angst zu haben, dass ich mich aufdränge. Ich habe einen Freund." Ich hantierte umständlich mit den Tassen, ebenso umständlich wie mit meinen Sätzen. „Tee ist fertig!", flötete ich. „Welche Tasse willst du? Benjamin Blümchen oder Superman?"

„Natürlich Superman", sagte er.

„Okay, für dich die Superman-Tasse, für mich Benjamin Blümchen."

„Ricarda –", begann er, aber ich stoppte ihn mit einer wegwischenden Handbewegung. Ich wollte keine Antwort. Ich kannte sie schon. Er war nicht verliebt in mich. Und die Bestätigung kam später.

Am Abend sah ich ihn vorm *Monique*. Arm in Arm stand er dort mit einer Brünetten, deren Haar offen über ihre Schultern fiel. Er hatte eine Freundin. Natürlich hatte er eine Freundin! Und mit dieser umwerfenden Ausgabe von Frau konnte ich dünnes Mädchen natürlich niemals mithalten.

Ich spürte Vanessas Körper, *meinen* Körper mehr als jemals zuvor. Zwar hatte ich schon zwei Kilogramm zugenommen, aber er wirkte immer noch ausgehungert. Er brauchte meine ganze Liebe und Zuwendung … und Muskeln. Ich meldete mich tags darauf beim Judo an.

Ich hätte niemals gedacht, dass ich so lange im Koma liegen würde. Sechs Wochen waren seit dem Unfall vergangen, meine Mutter hatte tiefe Ringe unter den Augen, und ich fing an, ihr zu schreiben. Briefe von Ricardas bester Freundin Vanessa, die Ricarda in den höchsten Tönen lobte und aus ihr einen Engel machte. Einmal besuchte ich mich zusammen mit Lilly und es war furchtbar. Lilly heulte und ich heulte, weil sie heulte. Ich beschloss, sie und mich nicht mehr zu besuchen, was den weiteren Vorteil hatte, dass ich im Treppenhaus auch nicht mit Paul zusammentreffen konnte und mir damit umständliche Erklärungen ersparte. Seltsamerweise machte es mir nicht viel aus, dass ich Vanessa war. Das Leben lief optimal, wäre da nicht die Schule …

Mein erster Schultag als Vanessa!

„Hallo Vanessa!", begrüßte mich Swantje. „Wie waren deine Ferien?"

„Abwechslungsreich", antwortete ich.

„Und deine Arbeit im Geschäft?", wollte sie wissen.

„Auch gut."

„In welchem Geschäft?", fragte Sebastian neugierig.

Swantjes Augen flehten mich stumm an, sie nicht zu verpetzen, während ich meine Arbeit beschrieb. Sebastian, Nicki, Swantje und ich standen am Schwarzen Brett, wobei wir die Stundenlisten durchgingen, als sich eine aus der Parallelklasse dazugesellte. Ich hatte ihren Namen vergessen bzw. mich geweigert, ihn mir zu merken. Ich mochte sie nicht, also ignorierte ich sie.

Unerwartet giftete sie mich an: „Hab schon von deiner Eroberung gehört. Aber so toll findet der Typ dich gar nicht."

Zuerst dachte ich an Paul. Sie kannte ihn? Ich hatte ihn doch gar nicht erobert.

Es war das erste Mal, dass ich mir das Mädchen näher anschaute. Ich studierte ihre Haare (Dauerwelle zu kraus), ihr Make-up (zu viel Mascara, sie sah aus wie ein Panda), ich sah auf ihre Klamotten (schlechtes Styling) und dann fragte ich kalt: „Sprichst du etwa mit mir?" (Oh mein Gott, konnte ich Vanessa gut imitieren!)

Sebastian, Nicki und Swantje beobachteten den Schlagabtausch, der sich mehr in Blicken als in Worten äußerte. Nicki wollte schon etwas Beschwichtigendes sagen, als ich die Hand hob, um sie daran zu hindern, und fragte den Panda: „Eifersüchtig?"

Die andere zuckte zusammen.

Ich durchwühlte mein Hirn, wen sie bloß meinen könnte, bis mir einfiel: „Raymond? Du redest von Raymond!? Hach! Der ist keinen müden Gedanken wert."

„Das sagst du nur, weil du abgeblitzt bist", provozierte sie mich

„ Du könntest auf der Tanzfläche mit einem Nasenring und Hulahula-Röckchen vor ihm herumhampeln und er würde dich nicht einmal bemerken." Ich lachte bei dem Gedanken laut auf und ließ sie mit offenem Mund stehen. Ich fühlte mich wie eine Siegerin.

Sebastian grinste sich eins. Swantje trottete unentschlossen hinterher.

Nur Nicki sagte etwas. „Was ist denn los? Du bist doch sonst nicht so gemein."

„Sie hat doch angefangen“, verteidigte ich mich, aber meine Siegerlaune verpuffte.

Der Vormittag in der Schule verlief problemlos. Schüler wie Lehrer versuchten sich daran zu erinnern, was sie in diesem Gebäude zu suchen hatten. Nicht allen fiel es gleich ein. Nach den Sommerferien benahmen sich einige Schüler, als ob sie mit der Weltraumsonde auf Planet Mars gelandet wären. Und ich fühlte mich ... großartig. Alle grüßten mich. Die tollsten Typen nickten mir zu. Einige blieben stehen, um mich nach meinen Ferien zu fragen. Wow! Vanessa war mega-in. Sie war … Warum eigentlich sie? *Ich* war mega-in. Klasse!

Mathe war das erste, was an dem Morgen auf dem Stundenplan stand und Vanessas Lieblingsfach. Nicht, dass ich eine komplette Idiotin in Mathematik war, aber Zahlen sagten mir einfach nicht sehr viel. Obwohl, an Pauls Kasse stellte ich mich nicht übel an. Nun ja, hatte ich nicht mal gelesen, dass man, wenn man unglücklich verliebt war, sich blind in unbekannte Gewässer begab (um sich abzulenken natürlich – nicht, um darin umzukommen). Äh … ja … und ich paddelte gerade eifrig um mein Leben.

„Vanessa?“, wiederholte der Lehrer hartnäckig „meinen“ Namen, als ob auf meiner Stirn stünde: *Lass nicht locker und mach mich zur Idiotin!*

Ich kniff die Augen zusammen. Ich lächelte. Ich ignorierte ihn.

„Vanessa?“ Das kam eindeutig drohender.

„Meinen Sie etwa dieses Gekritzel an der Tafel?“, schnappte ich.

Nicki kicherte.

„Das heißt, Sie können mir keine Antwort geben?“, bohrte er unbeirrt weiter. Dann breitete sich ein Lächeln auf seinem Gesicht aus und er frotzelte: „Na, nun raus mit dem Zeug! Sie wissen’s doch. Ich weiß es. Nur die anderen haben noch keine Ahnung, oder?“

Keine Reaktion in der Klasse. Mein Idiotenstempel auf der Stirn wurde durch ein riesengroßes Fragezeichen ersetzt. Was wollte der Kerl von mir?

„Fakten“, posaunte er heraus und ich zuckte die Achseln. Welche Fakten? Meinte er *Drogen?*

„Äh, *ich* nehme *nichts.*“ Das war deutlich! Das müsste sogar er als Mathelehrer verstehen.

Er musterte mich verwirrt.

„Ich weiß nicht, was Sie meinen“, setzte ich nach.

„Na, das scheint mir auch so“, sagte er und nahm Sebastian dran. „Erklären Sie es, Sebastian!“

Und Sebastian spulte eine Antwort herunter, die wahrlich nichts mit Drogen zu tun hatte. Ehe ich Sebastians mathematisch geschliffene Antwort nachvollziehen konnte, rüttelte auch schon mein Handy in der Hosentasche. Das konnte nur Paul sein, denn Nicki und Sebastian saßen neben mir.

„Sie entschuldigen mich. Ich kann für die nächsten fünf Minuten Ihrem Unterricht nicht folgen. Könnten Sie vorläufig auf meine Anwesenheit verzichten?“ (Christines Art, sich gewählt auszudrücken, schien auf mich abzufärben.)

„Nur sehr ungerne, Vanessa“, blaffte der Lehrer. (Christine hätte es jetzt geschüttelt!)

Die Klasse lachte. Ich stand auf und wartete.

„Na, nun schleichen Sie sich schon!"

Erleichtert verließ ich den Raum und suchte im Flur eine ruhige Fensternische, um Paul anzurufen.

„Ricarda, tut mir leid. Ich brauche dich dringend. Habe ich dich gerade im Unterricht gestört?"

„Überhaupt nicht", flötete ich. „Bin gleich da."

Ich meldete mich im Sekretariat für die restlichen Stunden krank und radelte zum Geschäft, vor dem Paul ungeduldig auf mich wartete, und tat den ganzen Tag nichts anderes als ... putzen.

Am Abend stand ich in einer Judohalle. Ich wusste nicht, was mich erwartete, doch mich als Mädchen in Selbstverteidigung zu üben, fand ich genau die richtige Wahl. Mit den anderen artig aufgereiht, verbeugte ich mich vor dem Trainer. Neben mir befand sich eine Frau, die ebenso hilflos an sich herunter und dann in die Runde blickte wie ich. Die restlichen Teilnehmer waren Männer, die anscheinend schon Judo-Erfahrung mitbrachten. Ich erkannte das an den unterschiedlichen Farben ihrer Gürtel.

Da ich mich vorher telefonisch informiert hatte, worauf es bei der Kleidung ankam, war ich schlicht in judoweiß gekleidet. Meine Partnerin ebenso. Nun dachte ich, an dem Abend würde ich gleich den Schulterwurf oder irgendetwas ähnliches, was ich vom Judo wusste, lernen. Viel kannte ich zugegebenermaßen nicht von dieser Sportart, und wie zur Bestätigung hatte ich mich auch gründlich getäuscht. Wir liefen erst einmal ohne Ende im Kreis. Und als ich schon dachte, ich wäre im Club der Marathonläufer gelandet, sollten wir Liegestütze machen. Keiner lachte, als ich beim ersten Liegestütz auf halber Armbeuge verharrte.

„Wenn ich mich jetzt noch weiter herunterbeuge, komme ich nicht mehr hoch", versuchte ich meinem Trainer zu erklären, warum ich mich nicht mehr bewegte. „Aber ich komme sowieso nicht mehr hoch, weil ich keine Kraft habe."

„Keine Angst, Mädchen. Das ist alles eine Frage der Übung. Wir kriegen dich schon hin!" Und der Trainer schlug mir vor, die Liegestütze auf den Knien auszuführen.

Nachdem wir dann endlich warmgelaufen und gelockert waren, übten wir in der letzten halben Stunde das Fallen. Ich würde es gebrauchen können, wenn ich auf dem Weg zu Nicki total erledigt in die nächste Hecke flog.

Ich hatte mich noch mit Sebastian und Nicki verabredet, um die Kurse der nächsten Woche durchzugehen. Es wäre natürlich schön gewesen, einfach nach Hause zu fahren und ins Bett zu fallen (ohne Judoverrenkungen), aber meine Verpflichtungen als It-Girl Vanessa, die (in-letzter-Zeit-nicht-mehr) Beste der Schule, die coolste Braut weit und breit auf Planet Erde (dieses Bild gefiel mir!), banden mir die Hände. Mir blieb irgendwie nichts anderes übrig.

Als ich endlich bei Nicki ankam, war ich am Ende. Nicki bat mich herein und führte mich in ihr Zimmer.

Das Zimmer erinnerte mich an Tausend-und-eine-Nacht. Überall brannten Kerzen und Räucherstäbchen. Ich bekam beim Eintreten einen Hustenanfall, stolperte und fiel in einen Sitzsack, in dem auch Sebastian saß. Nicki und er schauten mich erschrocken an.

„Ich bin so etwas von erledigt. Meine erste Judostunde entpuppte sich als Marathonlauf ohne Ende", erklärte ich und trennte mich hastig von Sebastian, um einen anderen Sitzplatz zu suchen.

Ich hatte das Gefühl, dass Sebastian das nicht so schlimm fand, dass ich auf seinen Schoß gefallen war, aber Nicki blitzte mich an, und ich wollte keinen Ärger. Ich atmete auf, als Nickis Mutter hereinkam und uns Schnittchen brachte.

„War noch irgendetwas in der Schule?", fragte ich, als sie wieder draußen war.

„Nö, aber die anderen haben gefragt, wo du bist", sagte Sebastian.

„Was habt ihr geantwortet?"

„Ooch, dass dir öfter schlecht wird und dass ich Patentante werde, wenn das Kind erst einmal da ist", witzelte Nicki.

„Bist du bescheuert!", schrie ich entsetzt auf und verschluckte mich dabei an einem Brötchenkrümel.

Die beiden hielten sich die Bäuche vor Lachen. Ich fand das nicht lustig. Wie konnten sie nur!

Ich brauchte eine Weile, bis ich begriff, dass Nicki natürlich nichts gesagt hatte. Es folgte ein langer Bericht über den ersten Schultag und schließlich fiel bei mir der Groschen. Ich beobachtete Nicki. Ich musterte Sebastian. Nicki war total in Sebastian verknallt, und er auch in Nicki – nur wusste er es noch nicht, weil er sich einbildete, Vanessa zu lieben.

Die Wochen vergingen.

Es war in der Zwischenzeit Dezember geworden. Erik hatte mir tatsächlich alle Vergünstigungen gestrichen. Ich verzichtete zu meinem allergrößten Vergnügen auf die Reit- und Tennisstunden. Meine erste Golfstunde wurde gleichzeitig auch die letzte, da ich dem Golftrainer durch eine gesprintete Hecht- und Schlagkombination den Mittelfinger brach. (Golf und Hokey waren doch zwei sehr unterschiedliche Sportarten.) Beibehalten hatte ich meine Judoabende, von denen Vanessas Eltern nichts wussten.

Ach ja, und dann war da noch mein Körper.

Ricardas Körper.

Wie soll ich es beschreiben.

Ich war Vanessa und Ricarda war weit weg. Für Paul war ich Ricarda. Er hatte von Vanessa noch nie gehört. Und für die anderen war ich Vanessa.

Eines Abends waren wir, Christine, Erik, Amelie (Christines Schwester) und ich, zusammen im Theater gewesen. Erik hatte zu meiner Überraschung auch mich dazu eingeladen, obwohl er mir immer noch böse war, so kühl wie er mich behandelte. Wir waren gerade auf dem Rückweg zum Auto, als uns der Bürgersteig von mehreren Halbstarken versperrt wurde.

Wir waren nicht weit von Eriks Auto entfernt, das in einer dunklen Seitenstraße stand (der einzige Parkplatz den wir hatten finden können). Erik blieb beim Anblick der zerzausten Bande gelassen und bemerkte nur, dass wir nicht in der Bronx wären und sie sich auf dem gleichen Wege verziehen sollten, auf dem sie gekommen waren. Die Frauen blickten sich ängstlich um und rückten zusammen wie frierende Kaninchen.

Ich stellte mich schützend vor die Familie und brüllte weitaus deutlicher: „Haut ab, ihr Arschgesichter!"

Der energische Ton verunsicherte sie, trotzdem wagte es einer, ein Taschenmesser zu ziehen. Ich wandte den inzwischen gelernten Schulterwurf an, nachdem ich ihn vom Messer getrennt hatte. Da lag er nun auf dem Bauch, und ich hatte seinen Arm auf den Rücken gedreht.

„Verpiss dich! Sonst mach ich Mus aus dir." Das hatte ich aus einem Film und ich fand, ich brachte das gut rüber. Ich lockerte den Griff und er haute ab.

„Gut gemacht, Vanessa", bewunderte mich Erik und legte seinen Arm um meine Schulter.

Christine dagegen entgegnete: „Deine Wortwahl finde ich *himmelschreiend.* Kannst du dich nicht gewählter ausdrücken!"

Als wir zu Hause ankamen, öffnete Erik auf seine mutige Tochter eine Flasche Champagner. Ich wurde mit Fragen bombardiert. Doch ich erklärte lediglich, dass mir meine Sportlehrerin einige Judogriffe beigebracht hätte. Wäre ich bei der Wahrheit geblieben, hätte ich von meinem Job erzählen müssen, denn wie sonst hätte ich den Judokurs bezahlen können.

Aufgrund der bevorstehenden Festtage hatten wir einen großen Zulauf an Anfragen und neuen Kunden und ich wurde für Paul eine unentbehrliche Mitarbeiterin. Er hatte mir die Zweitschlüssel für den Laden gegeben.

Eines Abends stand Sebastian unerwartet im Geschäft. „Hallo, Vanessa!"

Um ihm keine Möglichkeit zu einem Begrüßungskuss zu geben, stellte ich die beiden Männer hastig einander vor.

„Das ist Paul, der Geschäftsinhaber, und hier mein Klassenkamerad …"

„Freund", verbesserte mich Sebastian,

„Freund", wiederholte ich.

„Sebastian", soufflierte er weiter.

„Sebastian", endete ich.

„Freut mich, dich kennen zu lernen." Paul reichte ihm die Hand, wobei er mich nicht aus den Augen ließ.

In dem Moment hatte ich noch keine Erklärung für Pauls seltsames Verhalten. Später im Bett fiel es mir siedendheiß ein: Es war der Name.

Am nächsten Tag spürte ich, dass sich unsere Beziehung verändert hatte. Er hatte sich in ein Schneckenhaus zurückgezogen. Dieses verrückte Vanessa-Ricarda-Zeug! Ich konnte nichts tun. Paul war beschäftigt und einem Gespräch nicht aufgeschlossen. Ach ja und nicht zu vergessen, dieser brünette Traum. Er tauchte jetzt ständig auf und machte mich verrückt.

Tags darauf blieb ich im Bett. Liebeskummer war, wenn nicht ansteckend, doch eine Krankheit, die einen fertig machte. Als ich gegen die Decke starrte und mir überlegte, wie ich Paul alles erklären konnte, hörte ich das Handy. Ich nahm ab.

„Hallo?" Pauls Stimme.

„Paul?"

„Du brauchst heute nicht kommen."

Ich seufzte, es war tatsächlich vorbei!

„Das Geschäft ist für heute geschlossen. Störe ich dich gerade in der Schule?"

Ich hustete in die Kissen und krächzte: „Bin krank."

„Oh! Dann gute Besserung!"

„Danke", flüsterte ich und hoffte, dass er doch noch irgendetwas Nettes sagen würde, wie zum Beispiel: *Ricarda/Vanessa, jetzt erst bin ich mir meiner Gefühle klar geworden und ich will nur mit dir zusammen sein.* Oder: *Du bist das zauberhafteste Mädchen auf der ganzen Welt und keine andere kann es mit dir aufnehmen.* Oder: *Ich liebe dich!* Wobei mir die letzte Erklärung total genügt hätte.

Er sagte es nicht, keinen von diesen wunderbaren Sätzen. Es kam ein „Tschüss" und die Verbindung war gekappt.

Am liebsten hätte ich geheult. Ich hielt es nicht mehr aus. Unglücklich verliebt zu sein – und das passierte gerade mir, die ich mich noch nie verliebt hatte und mich auch *nie* verlieben wollte, wirklich nie, nie, nie – war wie auf dem Trockenen zu schwimmen, wie Eierlaufen ohne Eier, Hüpfen ohne Hüpfsack, ein endloser Sturz. Wie in einer Wüste zu verdursten mit kreisenden Aasgeiern, die nur noch darauf warteten, dass man den letzten Hauch von Leben ausatmete. Es war wie ein Abtauchen in dunkle Tiefen, die schleimig, schmierig und eben … äh, abgrundtief waren. Ich befand mich in einem Nichts von Nichts. Es tobte im Inneren und gleichzeitig fühlte man sich ausgebrannt.

Ich musste auf andere Gedanken kommen. In meinem Zustand half nur Ablenkung. Und zwar eine richtig schäbige, gemeine, lachhaft idiotische Ablenkung: *Vanessas Tagebuch!*

Ich schnappte es mir und blätterte darin herum, bis ich die Seite wiederfand, die ich schon einmal gelesen hatte:

Ich habe es versaut! Ich habe es total versaut! Es ist mein Geburtstag und es sollte der schönste Geburtstag in meinem Leben werden. Ich wollte Raymond verführen und es endete damit, dass ich ihm auf die Schuhe gekotzt habe. Das war furchtbar! Aber ich konnte nicht anders, mir war so schlecht. Mir ist immer noch schlecht.

Vanessa musste wirklich eine ganze Menge getrunken haben. Ich las die Eintragung davor.

Zuerst telefonierte Raymond Ewigkeiten und ließ mich warten.

Verhielt sich so ein Gentleman?

Als ich gehen wollte, beendete er das Telefonat und bot mir einen Cocktail an. Er sagte, dass ich hübsch wäre und er nur Augen für mich hätte und diese Nacht nur mir gehören würde.

Bla-bla-bla!

Er war so toll und wir haben richtig gefeiert.

Sie meinte wohl eher gereihert.

Er lud mich zu sich in seine Wohnung ein. Ich war aufgeregt und dann wurde mir schlecht.

Das war ja alles gut und schön, aber deswegen brachte man sich nicht um. Ich hatte Amelies Worte noch im Ohr, Vanessa hätte Tabletten genommen. Das hörte sich nach einem Selbstmordversuch an. Aber wann sollte sie das getan haben? Nach ihrer letzten Tagebucheintragung? – Eine Stunde später wusste ich mehr.

Eigentlich hatte ich mir einen schönen Nachmittag mit Nicki vorgestellt, stattdessen stritten wir uns innerhalb von wenigen Sekunden. Und klar, es ging um einen Jungen. Ich weiß nicht, wie wir auf Vanessas Tagebucheintragungen gekommen waren, wahrscheinlich hatte ich Nicki irgendetwas über Raymond erzählt, und Nicki rastete voll aus. Sie schrie herum. *Ständig* würde ich allen Jungen den Kopf verdrehen. Und danach würde ich sie *immer* fallen lassen. *Jedes Mal* würde ich dabei auf ihren Gefühlen herumtrampeln. Denn ich wäre ja so ein *egoistisches Miststück*. Mit Sebastian hätte ich *genau das Gleiche getan*.

Ich konnte Nicki nicht folgen. Was hatte denn Sebastian damit zu tun? Über Sebastian hatten wir doch kein Wort verloren.

„Und ich dachte wirklich, du hättest dich geändert", schluchzte Nicki plötzlich auf.

„Wie meinst du das?", fragte ich ratlos.

„Nachdem du aus dem Krankenhaus gekommen bist, warst du anders."

„Wie meinst du das?"

Nicki sah mich an. „Du wiederholst dich wie ein Papagei. –Wie meine ich das? Wie meine ich das? – Ich meine es genau so, wie ich es sage."

„Woher weißt du, dass ich im Krankenhaus war?"
„Ich weiß, dass du im Krankenhaus warst, weil ich hier angerufen habe."
„Und meine Mutter hat es dir erzählt?" Das wunderte mich aber.
„Nein, Timmi hat es mir gesagt." Sie sah mich abwartend an. „Und?"
„Es stimmt. Ich war im Krankenhaus. Aber geht es dich etwas an?"
Nicki sschrie auf: „Genau das! Dieses *Aber geht es dich etwas an?* Das meine ich. So warst du nie vorher! Sind wir Freundinnen oder nicht? Und was soll das? Mal bist du so, wie ich dich kenne, und dann wieder echt ätzend."
„Ich habe Tabletten genommen."
Nicki starrte mich an.
„Ich habe versucht, mich umzubringen."
„Du hast versucht, dich umzubringen?", wiederholte Nicki ungläubig.
Ich zuckte die Achseln. „Ich weiß es nicht."
„Du weißt es nicht?", fragte Nicki ungläubig. „Du weißt nicht, ob du dich umbringen wolltest?"
Ich schüttelte den Kopf.
Nicki beobachtete mein Mienenspiel.
„Sie haben mir den Magen ausgepumpt."
„Aha!"
„Und sie haben gesagt, ich hätte Tabletten genommen."
„Aha!"
„Und mehr weiß ich nicht."
Ich sah es in Nicki arbeiten. Sie versuchte ganz of-

fensichtlich das, was sie gerade eben von mir gehört hatte, und ihre eigenen Eindrücken von mir als Motzkuh, überein zu bekommen. „Keiner steigt bei dir mehr durch. Du bist lustig und dann wieder abweisend, du bist nett und dann wieder ätzend. Der Ausflug war toll und gleich danach streiten wir uns. Und du erzählst mir nichts mehr. Ich dachte, wir wären Freundinnen."

„Wir sind auch Freundinnen", warf ich ein.

„Und jetzt verdrehst du Sebastian den Kopf, nachdem du schon Raymond den Kopf verdreht hast."

„Ich verdrehe keine Köpfe. Ich mag Raymond noch nicht einmal", versuchte ich sie zu stoppen.

Aber Nicki hörte nicht auf. „Dieses Scheißzeug hat dich verändert. Ich nehme es jedenfalls nicht mehr. Ich mache nicht mehr mit."

„Welches *Scheißzeug?*", fragte ich alarmiert.

„Welches Scheißzeug?", echote Nicki.

„Wovon redest du?"

„Was soll das?"

„Was soll was?"

„Vanessa! Du selbst hast uns das Zeug gegeben! Um locker zu werden! Um mehr Spaß zu haben!"

Sprach Nicki etwa von Drogen?

„Niemals", schoss ich zurück.

„Du", und dabei betonte Nicki jedes Wort einzeln, „hast das Zeug geschluckt, noch bevor es aus der Verpackung kam."

„Nein!", sagte ich mit Bestimmtheit.

„Ach ja! Das ist ja mal wieder typisch Vanessa!"

„Du widersprichst dir", unterbrach ich sie. „Wenn ich

so nett bin, werde ich euch wohl keine Drogen geben."

„Hast du aber! Ich hätte die Dinger nie genommen, wenn du nicht gesagt hättest, dass sie tolle Gefühle auslösen."

„Ach, das hast du damals durchaus nett gefunden? Und jetzt findest du es nicht mehr nett?", versuchte ich sie auf den Punkt zu bringen.

„Verdreh mir nicht die Worte im Mund", schrie sie mich an. „Du hast mir das Zeug schmackhaft gemacht."

„Ich werde dir kaum etwas schmackhaft machen können, wenn du nicht total scharf darauf bist, oder?", schrie ich zurück.

„Du, das großartigste Mädchen von der Schule hast uns alle zu diesen Cocktails eingeladen. Du hast gewusst, was Raymond da zurechtmischt. Dieses Scheiß-Ecstasy oder Scheiß-Crystal oder Scheiß-Scheiß. Du hast mitverdient!"

Ich vergaß Vanessa. Es war Ricarda, die zurückbrüllte: „Ich verdiene nicht an Drogen. Ich hasse Drogen! Ich nehme keine Drogen. Ich erlebe jeden Tag an meiner Mutter, wie Drogen einen verändern. Wie man seine Persönlichkeit verliert. Wie man nur noch daran denkt, an die nächste Flasche zu kommen. Wie man vor der Kloschüssel hockt, weil man sich den gesamten Magen auskotzt, sich nicht mehr auf den Füßen halten kann, und aller Welt die Schuld gibt für das eigene Versagen – *NIICKIIII!*" Ich war außer mir und verletzt. Ich spürte meine Einsamkeit, mein Versagen als Tochter, und fing an zu weinen.

Nach einer ganzen Weile, die ich brauchte, um mich

zu beruhigen, sagte Nicki: „Ich wusste gar nicht, dass deine Mutter an der Flasche hängt. Sie sieht gar nicht aus wie ein Alki."

Lilly?

Da müsste sie meine Mutter mal kotzen sehen!

Und dann fiel es mir wieder ein, für wen mich zur Zeit alle hielten.

Christine?

Christine als Alkoholikerin?

Ich lachte los. Nein, ganz bestimmt nicht. Christine war in Ordnung. Sie war ziemlich verschlossen, aber wahrscheinlich versuchte sie auch nur, ihre Sorgen zu ertränken, aber bestimmt nicht in Alkohol, eher in Flüssigbeton.

Ich saß in Vanessas Zimmer und las ihr Tagebuch noch einmal, aber dieses Mal mit anderen Augen, weil ich nun wusste, was dahinter steckte. Raymond als Todesengel. Gücksgefühle mit Todesfolge. Der Tod lauert im Cocktail.

Ich wollte Vanessas Leben nicht mehr. Zeitweise hatte ich gedacht, ihr Leben wäre schöner als Ricardas. Wenn das nicht eine Selbsttäuschung war. Man konnte keine andere sein. Vielleicht konnte man jemanden für eine Weile kopieren, aber an sich blieb man wie man war. Und was sprach auch dagegen? Vanessa hatte das alles aufs Spiel gesetzt. Hatte ihr Leben aufs Spiel gesetzt. Und setzte *mein* Leben gerade aufs Spiel!

Ich hatte mich schon seit Ewigkeiten nicht mehr besucht und bekam einen Riesenschrecken. Wenn sie jetzt aufgewacht war und als erstes nach Wodka verlangte? Oder nach irgendwelchen Pillen? Nach Morphium, Koks, Heroin? Wenn Raymond sie besuchte? Er würde sie vollpumpen mit seinen Cocktails!

Langsam! Beruhige dich, Ricarda! Sie war ja ich und Raymond kannte Ricarda nicht. Egal! Ich musste sofort los ins Krankenhaus, und sie davon abhalten, meinen Körper zu zerstören.

Leise schlich ich mich ins Krankenzimmer. Es war abgedunkelt und die Maschinen gaben ihr beunruhigendes Piepen von sich. Ich setzte mich auf den Stuhl, der am Bettrand stand. Alles erinnerte mich an die Anwesenheit meiner Mutter. Ihr Parfüm. Ihr Halstuch, das über der Stuhllehne hing. Ihre Handschrift auf einer Postkarte, die an der Lampe lehnte. Ich nahm sie und las: *Bitte komm zu mir zurück! Ich liebe dich!*

Gebannt starrte ich auf die Worte. Wann hatte sie mir das letzte Mal gesagt, dass sie mich liebte? Das musste schon Ewigkeiten her sein.

Wenn es doch wieder wie früher wäre, ich würde so vieles anders machen. Ich legte meinen Kopf auf das Bett. Mir war zum Heulen. Die Postkarte rutsche mir aus der Hand, die Gedanken rutschten mir aus meinem Kopf, mein Leben rutschte mir aus dem Körper … Ich wachte auf, weil mir eine Hand über das Haar strich und sah meine Mutter. Und warf mich in ihre Arme.

„Ich liebe dich auch, Mama“, flüsterte ich und sie sagte: „Vielleicht wird sie nie wieder wach. Vielleicht muss ich damit leben, dass ich meine Tochter verloren habe.“

Ruckartig setzte ich mich auf und starrte sie an.

„Ich bin schuld. Ich habe so viele Fehler gemacht.“ Sie schnäuzte sich. „So viele Fehler,“ wiederholte sie.

Ich starrte auf meinen Körper im Bett, sah meine Mutter weinen und war, stocksteif und enttäuscht, immer noch Vanessas Gefangene.

Weihnachten nahte.
In der Schule gab es noch ein paar Tests zu schreiben, Lilly arbeitete über die Weihnachtstage, Paul mied jedes private Gespräch und sprach mich weiterhin mit Ricarda an, Oma Margot begab sich in geheimnisvolle Weihnachtsvorbereitungen. Am Heilig Abend funkelte das Wohnzimmer bei Winklers. Kerzen brannten, im Kamin flackerte ein Feuer, der Tisch war festlich gedeckt und die Lichter des Weihnachtsbaumes leuchteten. In mir stellten sich jedoch keine Weihnachtsgefühle ein. Ich sah Margot umherflitzen, beobachtete Timmi und Erik, wie er seine Lieblingspfeife stopfte, hörte das Telefon und fühlte mich fehl am Platz.

„Das wird Christine sein.“ Margot ging an den Apparat und rief nach mir.

„Bist du es, Schatz?“, hörte ich es aus dem Hörer.

„Wo bist du gerade?“, fragte ich sie.

„Wir sind an Würzburg vorbei. Peer sitzt mir gegenüber im Speisewagen und ich dachte auf einmal, es war wohl doch keine gute Idee, Weihnachten nicht zu Hause zu verbringen.“

„Wer ist Peer?“, stammelte ich.

„Ihr Freund“, stöhnte Timmi neben mir, verdrehte die Augen und riss mir den Hörer aus der Hand.

Amelie war in der Zwischenzeit angekommen. Sie umarmte mich und ich war durcheinander. Erik rührte sich nicht, sondern starrte vor sich hin.

„Wenn du deine Ehe retten willst, solltest du ans Telefon gehen und mit ihr reden“, sagte Margot.

Und ich dachte, Swantje hatte Unrecht. Nicht Erik verließ die Familie, sondern Christine.

In meinem Zimmer suchte ich nach dem Handy, um Nicki anzurufen. Zuerst wollte ich ihr von Christine erzählen, unterließ es aber und wünschte ihr schöne Feiertage.

Als ich gerade aufgelegt hatte, klingelte das Handy erneut und Paul war dran.

„Fröhliche Weihnachten, Ricarda!“

„Fröhliche Weihnachten“, antwortete ich überrascht und verlegen.

Überrascht, da er anrief.

Verlegen, weil ich am Nachmittag überstürzt aus dem Geschäft geflohen war und den Rucksack mit dem Geschenk für Paul liegen gelassen hatte. Anastasia, die Brünette, war früher als erwartet gekommen, um Paul in die Weihnachtsferien zu entführen. Ich konnte dieses Gegurre nicht ertragen, also war ich ohne Gruß gegangen.

„Geht es dir gut?“, hörte ich ihn fragen.

„Ja“, log ich. „ Und dir?“

Ich vermutete, dass er heimlich mit mir telefonierte, damit Anastasia es nicht merkte. Sie war wirklich krankhaft eifersüchtig.

„Verbringst du die Feiertage zu Hause?“

Dafür, dass wir in den letzten Wochen kaum miteinander geredet hatten, war er ziemlich gesprächig. Hatte er womög-lich ein schlechtes Gewissen?

„Ja“, war meine einsilbige Antwort.

„Könntest du nach Silvester für zwei Tage den Laden übernehmen? Ich habe einen Außentermin.“

Meinte er mit Außentermin Anastasia?

Ich versuchte, normal zu klingen, als ich bejahte und ihm einen guten Rutsch ins neue Jahr wünschte.

Die Feiertage waren ereignislos zu Ende gegangen und jetzt war Silvester. Sebastian hatte zu einer großen Feier eingeladen. Die Stimmung war super und ich freute mich über die Ablenkung. Alle, die ich mochte, waren da: Nicki, Sebastian, Swantje, auch Rolf und Olli. Olli fand ich netter als ich anfänglich dachte, und Rolf sah mich manchmal so seltsam an. Hatte er sich in mich verliebt? Ich musste mir klar machen, dass er Vanessa meinte und nicht mich, obwohl die Übergänge zwischen ihr und mir immer fließender wurden und ich oft nicht wusste, ob ich als Ricarda oder als Vanessa sprach und handelte.

Mir machte die Verwandlung Angst, denn ich war auch in meinen Empfindungen so unterschiedlich. Zeitweise fühlte ich mich sicher. Rundherum glücklich und zufrieden mit mir. Und dann gab es wieder Zeiten, in denen ich mich klein, unvollkommen und unsicher fühlte. Meine Gefühle für Paul hatte ich immer noch nicht im Griff. Sie waren da, ständig, wenn ich ihn sah, wenn ich an ihn dachte, wenn nur ein Wort mit *P* anfing, und das konnte *Pudel, Pudding* oder *Pampers* sein. Liebeskummer war grässlich!

Vor der Toilette fing Nicki mich ab und kicherte albern. „Ich glaube, heute Nacht passiert's", flüsterte sie aufgeregt und verbiss sich fast im Glas.

„Was trinkst du da?", fragte ich misstrauisch.

„Null Ahnung." Keck schwenkte sie ihr Glas vor meiner Nase hin und her.

„Ist darin Wodka?", wollte ich wissen und sie lächelte spitzbübisch.

„Vielleicht", sagte sie und tat geheimnisvoll.

Bevor sie sich versah, schnappte ich mir ihr Glas und schnupperte daran. Wasser. Ich probierte. Okay! Es war Wasser. Ohne Wodka. Ohne Kohlensäure. Und ohne Geschmack.

„Reingelegt", triumphierte Nicki und lachte.

Und dann war es so weit. Das alte Jahr wurde ausgezählt. Gleich begann ein neues.

„Zehn, neun, acht ...", brüllte Nicki mit den anderen.

Ich zählte laut mit und dachte an Paul –

„Sieben, sechs, fünf ..."

Ich dachte an meine Mutter –
„Vier, drei, zwei …"
Ich dachte an Vanessa …
„Eins, null … Ein frohes neues Jahr!", brüllten wir im Chor.
Und dabei dachte ich an mich – und sank, von einem Sektkorken getroffen, zu Boden.

Als ich aufwachte, sah ich als erstes – *? – Dr. Frankenstein?*
„Ricarda", flüsterte meine Mutter.
Sie strahlte, dass ich schier geblendet war, und das schien sogar *Dr. Frankenstein* zu beeindrucken, der ihr beruhigend die Hand auf die Schulter legte und wünschte: „Ein gutes neues Jahr!"
„Ja", hauchte meine Mutter. „Ihnen und Ihren Kollegen auch ein gutes neues Jahr. Dr. Karstensen, ich bin Ihnen so dankbar."
Meine Mutter?
Dr. *Frankenstein*-Karstensen?
Wo war ich?
Mein Aufenthaltsort verwirrte mich. Hatte ich nicht eben gerade noch mit den anderen gefeiert?
Ich sah mich um.
Oh!
Ein Krankenhauszimmer!
Ich war wieder ich.
Und wo war Vanessa?

„Tut mir leid, tut mir leid“, wiederholte Sebastian aufgeregt und fingerte an Vanessa herum, dass Nicki irgendwann energisch dazwischenging und ihn stoppte.

„Vanessa, alles in Ordnung mit dir?“, fragte sie.

„Wo bin ich?“ Vanessa sah sich ratlos um.

„Bei Sebastian auf unserer Party.“ Nicki half ihrer Freundin auf die Füße.

„Auf welcher Party?“

„Silvesterparty“, antwortete Nicki. „Sollen wir dich ins Krankenhaus bringen?“

„Meinst du *Silvester?*“

„Genau. Silvester. Wo man rückwärts bis null zählt, die Knaller in die Luft jagt und sich küsst“, erwiderte Nicki und warf Sebastian einen schmachtenden Blick zu.

Für Nicki und Sebastian war die Party zu Ende. Sie brachten Vanessa nach Hause.

„Wieso feiern wir bei Sebastian?“, fragte Vanessa.

Nicki sah Sebastian stirnrunzelnd an. Sebastian zuckte die Achseln.

„Und warum feiern wir Silvester?“

Nicki tippte sich kurz an die Stirn und Sebastian versuchte Vanessa zu beruhigen. „Ich dachte, es wäre doch schön, Silvester zu feiern.“

Für Nicki war die Sache klar, Vanessa stand unter Schock. Während Sebastian sich nicht sicher war, ob der Sektkorken diesen Zustand ausgelöst hatte oder Vanessa blau wie Tinte war.

„Alles okay mit dir?“, fragte er noch einmal.

„Wir kommen doch jetzt aus dem *Fabians,* nicht wahr?“, versuchte Vanessa festzustellen, was vor sich ging.

„Wir waren nicht im *Fabians*. Wir gehen da schon seit Monaten nicht mehr hin. Du weißt doch weswegen."

Vanessa schaute sie bestürzt an. „Seit Monaten?"

Als sie die Winkler-Villa erreicht hatten, fragte Nicki besorgt: „Sollen wir dich nicht lieber doch in ein Krankenhaus bringen?"

„Nein, ich brauche kein Krankenhaus. Ich möchte nur wissen, was los ist."

„Sebastian hat die Sektflasche nicht richtig aufgekriegt, dabei ist der Korken rausgeschossen und hat dich am Kopf getroffen. Das tut ihm auch unheimlich leid", entschuldigte sich Nicki und Sebastian nickte stumm.

„Im *Fabians*", sagte Vanessa.

Nicki begleitete Vanessa ins Zimmer und bedeutete Sebastian, vor der Tür auf sie zu warten.

„Nein, nicht im *Fabians*", erwiderte sie geduldig. „Wir waren heute bei Sebastian, Silvester feiern." Sie umarmte Vanessa und wünschte: „Hätte ich fast vergessen. Ein frohes neues Jahr!"

Vanessa ließ sich die Umarmung willenlos gefallen. „Nicht im *Fabians*", wiederholte sie und versuchte sich einen Reim auf das Ganze zu machen. „Und wir haben Silvester."

„Genauer gesagt, den 1.1."

„Und was ist in den letzten Monaten seit meinem Geburtstag passiert?"

Nicki verschlug es die Sprache. „Seit deinem Geburtstag? Meinst du, seit deinem Krankenhausaufenthalt?"

„Ich war im Krankenhaus?“, fragte Vanessa.

Nicki sah ihre Freundin ratlos an. Das hier war mehr als eine kleine Erinnerungslücke, es war die gähnende Leere, ausgelöst von Ecstasy und Alkohol! Klare Geschichte. Vanessa hatte sich ihr Hirn verätzt. „Das wird schon wieder. Vielleicht kommen die Erinnerungen zurück, wenn du dich entspannst und nicht zu viel darüber nachdenkst.“

„Worüber sollte ich nachdenken?“, fragte Vanessa und Nicki grinste.

„Eben! Worüber solltest du schon nachdenken? Lassen wir es doch einfach so, wie es ist.“

„Ja, denke ich auch“, sagte Vanessa und streckte sich auf ihrem Bett aus. „Ich werde nicht denken, versprochen.“

„Okay, dann ist ja alles klar“, sagt Nicki und stand auf. „Ich muss los. Du weißt schon, Sebastian, heute Nacht wollen wir … na, du kannst es dir schon denken.“

„Sebastian und du?“, fragte Vanessa. „Das hätte ich nicht gedacht.“

Nicki krauste die Stirn und meinte: „Bei so viel *Denken* bekomme ich Kopfschmerzen. Ich schau morgen wieder bei dir rein.“ Sie beugte sich zu ihrer Freundin hinunter, küsste sie zum Abschied auf die Wange, hielt für einen kurzen Moment inne, um Vanessa noch einmal genau anzusehen, ob auch wirklich alles okay mit ihr war, und verließ das Zimmer.

Kaum hatte sie den Raum verlassen, klopfte es an der Tür und Erik trat ein.

„Papa?“, rief Vanessa gequält.

„Frohes neues Jahr", wünschte Erik und musterte seine Tochter. Sie sah nicht gut aus. „Geht es dir gut?"

„Ja."

Erik nickte und nahm sich einen Stuhl. Vanessa betrachtete ihn von der Seite und schwieg.

Auch Erik wusste nicht genau, was er sagen sollte. Schließlich entschloss er sich zu einem zögernden: „Habt ihr schön gefeiert? Nicki und Sebastian sahen ziemlich glücklich aus."

Vanessa nickte stumm.

„Wie war denn die Party?"

„Gut", sagte sie knapp.

Erik zog die Augenbrauen hoch. War sie rückfällig geworden?

Ehe er sich versah, waren seine Worte auch schon ausgesprochen. „Hast du wieder getrunken?"

Vanessa starrte ihn an, bis sie schließlich bockig entgegnete: „Es ist Silvester!"

Erik biss zurück: „Ich hatte gedacht, du wärst zur Vernunft gekommen."

Vanessa lief rot an.

„Es hat wohl wenig Sinn, sich noch länger mit dir zu unterhalten, wenn du vollgedrönt bist, oder? Vollgedrönt ist bei euch doch das richtige Wort. *Oder?*" Erik unterdrückte eine Wut, die an Verzweiflung grenzte. „Verbesser mich ruhig, wenn ich mich nicht korrekt ausdrücke. Vielleicht sollte ich eher *sturzbetrunken* sagen?! Oder *stockbesoffen?!* Meinst du, es ist schön, mitanzusehen wie du dich zerstörst?!" Er wandte sich zur Tür. „Soll ich dich sofort ins Krankenhaus bringen, damit sie dir noch einmal den Magen auspumpen? Oder soll ich dir den Finger gleich hier in den Hals stecken?“

„Papa“, schrie Vanessa erbost auf.

„Wie lange, meinst du, kann ich noch ertragen, dass du dich zugrunde richtest? Wann bekommst du endlich Verstand? Und ich dachte, du hättest in den letzten Monaten etwas begriffen.“

„Ich habe nichts getrunken“, versuchte Vanessa ihren Vater zu beruhigen. „Ich habe nur Kopfschmerzen.“

Erik erblasste. „Hast du Drogen genommen?“

Vanessa schaute schuldbewusst weg.

„Hast du Drogen genommen?“, brüllte Erik auf einmal los. *„Hast du Drogen genommen?“*

Vanessa nickte. Sie erinnerte sich an die Übelkeit und folgende schwarze, furchtbar beängstigende Leere. Sie hatte gedacht, sie würde nie wieder aus diesem Loch herauskommen, nie wieder … und nun war sie hier und ihr Vater schrie sie an und sie verstand nicht, was los war.

Peng! Die Schranktür war gegen die Wand geknallt und Erik stopfte nun in wilder Hast Wäsche in eine Tasche, packte Vanessa am Arm und stürmte mit ihr hinaus.

„Wo willst du mit mir hin?“, schrie sie.

„Bringen wir es hinter uns!“

„Ich will nicht ins Krankenhaus!“ Vanessa versuchte sich aus Eriks Umklammerung zu winden.

„Und ich will nicht, dass du stirbst.“

„Ich sterbe doch nicht, Papa.“

Erik blieb abrupt stehen. „Das letzte Mal wärst du uns fast gestorben. Und wenn Timmi dich nicht gefunden hätte, dann würdest du jetzt ... dann würdest du jetzt ... Wir leben in ständiger Angst, dass du es wieder tust. Deswegen war ich so streng zu dir. Deswegen geht alles kaputt. Deswegen verlässt uns Christine." Er schlug die Hände vors Gesicht und schluchzte: „Christine will uns velassen. Ich verstehe das nicht. Und dich vestehe ich auch nicht." Als er Vanessa wieder anblickte, sah sie Tränen in seinen Augen.

„Papa", flüsterte sie betroffen. So hatte sie ihren Vater noch nie erlebt.

„In den letzten Wochen hatte ich wirklich gedacht, du hättest damit aufgehört. Jetzt weiß ich, dass das alles nur zu deinem Plan gehört. Nicht wahr? Uns zu verschaukeln. Ist es so? Du übernimmst überhaupt keine Verantwortung. Du bist eigentlich nur eine verzogene Göre." So plötzlich wie seine Wut gekommen war, so schnell war sie auch wieder verraucht. Was blieb, war kalte Asche. Er wandte sich ab und ließ eine fassungslose Vanessa zurück.

♡

Es war ausgesprochen merkwürdig, wieder im eigenen Bett zu schlafen, das eigene Zimmer zu bewohnen und sich in der engen Küche ständig an der Tischkante zu stoßen. Kaum zu glauben, dass ich es hier überhaupt jemals ausgehalten hatte. Und alles fing wieder von vorne an, so kam es mir vor: Die Kurzatmigkeit, die Schlappheit, das Gehen auf *vier Füßen*.

„Wir müssen umziehen", keuchte ich meiner Mutter zu, nachdem ich in meinem Zimmer gesaugt hatte und das Gefühl blieb, ich hätte den Mount Everest bestiegen. Ich war total erledigt. Sie studierte indessen interessiert die Stellenanzeigen und kringelte die ein, die für sie in Frage kamen.

„Fast alles nur Putzjobs." Ohne aufzusehen, fragte sie mich: „Kannst du dir mich kniend auf dem Boden vorstellen, um aufzuwischen?"

Na klar, wenn du gekotzt hast, dachte ich, sprach es aber nicht aus.

Meine Mutter hatte nicht mehr getrunken, seit ich zurück war. Seit meinem Unfall hatte sie keine Flasche mehr angerührt. Sie ging zu den Treffen der Anonymen Alkoholiker und hatte eine Therapie begonnen, um die Trennung von meinem Vater zu verarbeiten. Sie sah erholt aus, auch wenn die Sauferei Spuren in ihrem Gesicht hinterlassen hatte. Nun denn, ein Gutes hatte mein Unfall: *Dr. Frankenstein* alias Dr. Karstensen warb um meine Mutter. Ich dagegen stand ohne alles da: ohne Freundin, ohne Freunde, ohne Job. Und mir graute vor dem kommenden Schultag und der Begegnung mit Vanessa.

Dann war es soweit. Nach der Reha fühlte ich mich um einige Pfunde leichter, aber nicht selbstsicherer, sondern furchtbar aufgeregt. Wieder hieß es: ein neues Drehbuch, eine neue Rolle, schauspielern und Stolpersteinen ausweichen. Wann würde ich endlich ich selber sein dürfen? Vielleicht sollte ich die Frage anders stellen: Wie eigentlich war ich wirklich?

Als Ricarda hatte ich fast ein halbes Jahr gefehlt. Ich wusste nicht, womit ich gerechnet hatte oder was ich befürchtete, als ich das Schulgebäude betrat. Aber dass gar nichts passieren würde, wunderte mich schon. Nicht, dass man mich nicht beachtet hätte, es gab schon das eine oder andere „Hallo" und auch die Lehrer begrüßten mich, aber dann waren wir schon wieder bei der Tagesordnung, den Unterrichtsfächern, den Zwischenzeugnissen, den Noten und meiner Versetzung.

Versetzung!

„Du hast ein halbes Jahr gefehlt, Ricarda", sagte unser Mathelehrer und betrachtete mich angewidert. „Du wirst es nicht schaffen, den Stoff der letzten Monate, des *gesamten ersten Halbjahres* aufzuholen."

Ich schluckte. Wollte er damit etwa andeuten, dass sie mich zurückstufen würden?

„Gerade du nicht", wiederholte er süffisant. „Meines Erachtens wäre es besser, wenn …"

„Es hat Sie aber niemand gefragt", platzte es heraus.

Ich war wütend. Er hatte mich noch nie leiden können. Ich ihn auch nicht, aber das lag an dem Fach, das er unterrichtete. Wahrscheinlich war er ohne Mathe ganz nett. (Ging das überhaupt?)

„Typisch, kaum wieder auf den Beinen, meckert sie herum", raunte jemand hinter mir.

„Ich werde beweisen, dass ich durchaus in der Lage bin, die fehlenden Stunden aufzuholen", übertönte ich den Kommentar.

„Du warst noch nie gut in diesem Fach. Und in den anderen Fächern wie Physik und Chemie wird auch viel verlangt", versuchte er mich zu überzeugen, aber stattdessen fühlte ich mich herausgefordert.

„Man kann sich ändern", unterbrach ich ihn leidenschaftlich und dachte an all die Stunden, die ich an den Hausaufgaben gesessen hatte. Sollte das alles vergeblich gewesen sein?

„Kann sich Stacheldraht ändern?“, flüsterte es wieder.

„Ich kann mich für Mathe durchaus begeistern“, schlug ich eine andere Taktik ein.

„Niemals!“, kam es aus dem Hintergrund und die Klasse lachte.

„Haltet doch endlich mal die Klappe!“, motzte ich meine Mitschüler an. „Ihr habt doch keine Ahnung, was ich will oder kann. Ich war Monate weg gewesen und statt dass ihr mir eine Chance gebt, reitet ihr alle nur eure Vorurteile, als ob es eurer Lieblingspferd wäre.“

Alle schwiegen verblüfft. Der Lehrer starrte mich an, als ob ich gerade erklärt hätte, dass ich alle Schulklos freiwillig putzen würde. Und dann fiel mein Blick auf Vanessa, wie sie mich durchdringend beobachtete.

Ich zögerte. Ein weiteres Wort und ich würde mich verraten. Aber was wusste sie schon. Sie konnte nichts wissen. Sie hatte im Koma gelegen. – Aber wie ging sie damit um?

Das erfuhr ich drei Stunden später, als ich aus dem Sekretariat kam, vollgepackt mit Zetteln und Aufgaben und Texten, die ich durchackern sollte. Das meiste kam mir natürlich bekannt vor, ich hatte die letzten Monate gut aufgepasst, nur die Materialien der letzten Wochen, als ich in der Reha war, waren neu für mich.

Vanessa wartete auf mich. Als ich schweigend an ihr vorbeigehen wollte, begleitete sie mich durch die Schulflure, als ob wir noch niemals anderes gewesen wären als dicke Freundinnen und uns richtig gut verstehen würden. Bis wir in der Aula Nicki und Sebastian zusammen stehen sahen, die miteinander knutschten.

„Wusstest du das?“, fragte sie mich und ich musste mich hüten, mich nicht zu verraten.

„Nee, wie denn?“, antwortete ich und ging grußlos.

Am nächsten Schultag wiederholte sich das Spielchen. Sie tauchte wie ein Geist auf und begleitete mich wie ein Schatten.

„Was soll das?“, pampte ich sie an.

Vanessa lächelte ausdruckslos, zuckte die Achseln und ging. Plötzlich drehte sie sich um, als ob sie es sich anders überlegt hätte, und fragte wie aus heiterem Himmel: „Wie kommst du mit dem Nachholen zurecht?“

„Warum interessiert dich das?“

„Keine Probleme mit Mathe?“, stichelte sie.

„Nein“, konterte ich und verbiss mir ein weiteres *Warum-interessiert-dich-das?*

„Ich kann dir helfen“, bot Vanessa an.

Warum solltest du?, dachte ich, lächelte ebenso falsch wie sie und verließ die Schule, so schnell ich konnte.

Ich musste aufpassen. Vanessas Fragen waren wie Fallstricke, in die ich mich verheddern und mich damit verraten konnte. Seit dem Unfall war alles verdreht. Als Ricarda hatte ich gedacht, mir ginge es nicht schlecht. Als Vanessa hatte ich gedacht, es ginge mir besser als Ricarda. Und jetzt wieder als Ricarda wusste ich nicht, wie ich mich fühlte. Es war offensichtlich: ich hatte mich geändert. Und dann dachte ich an

Paul. Meine Gefühle für ihn waren geblieben. So beschloss ich, ins Cafe *Monique* zu gehen. Was auch immer mich dort erwartete, ich musste ihn sehen.

Paul saß an seinem Lieblingstisch in der Ecke am Fenster, von wo aus er die Tür seines Geschäfts im Blickfeld hatte. Das tat er manchmal, wenn es ruhig war und er keine Aufträge hatte. Anastasia umgurrte ihn fleißig und Miguel machte seine üblichen Scherze. Paul lachte und ich musste aufpassen, ihn nicht wie einen Freund zu begrüßen.

Und nun saß ich hier und starrte ihn an. Und starrte. Und starrte. Ich sollte unbedingt damit aufhören. Doch ich starrte weiter, bis er den Kopf hob und mich genauso intensiv anblickte. Vor Schreck stieß ich die kleine Kupfervase vom Tisch, genau in dem Augenblick, als Miguel an den Tisch trat und meine Bestellung aufnehmen wollte.

Ich beugte mich hinunter, um die Vase aufzuheben (und um zu verbergen, wie rot ich wurde). Er beugte sich hinunter, weil *er* die Vase aufheben wollte. Ich kam wieder hoch. Er kam wieder hoch. Ich sprang auf (natürlich, um davonzulaufen). Er sprang vor mir zurück (um sich von mir Trampel nicht über den Haufen rennen zu lassen). Ich setzte mich wieder auf meinen Platz, (weil ich die Lächerlichkeit einer Flucht einsah). Er trat zurück an den Tisch (und lächelte).

Es war grässlich! Trotzdem tat Miguel, als ob es das Natürlichste der Welt wäre, sich wie ein Volltrottel aufzuführen.

„Was möchte die Dame bestellen?“

„Heiße Schokolade mit Sahne“, murmelte ich verlegen und Miguel raunte übertrieben (er nahm mich, sichtlich erheitert, auf den Arm): „Wird soforrrrrt zur Ihrer Zufrrrriedenheit errrrrledigt", wedelte mit der blütenweißen Stoffserviette über den sowieso schon sauberen Tisch, ohne (selbstverständlich!) die Vase umzureißen, und stolzierte, ganz Macho, hoch erhobenen Hauptes hinter den Tresen, um mir das gewünschte Getränk höchst persönlich zuzubereiten.

Paul, der uns nicht aus den Augen gelassen hatte, grinste. Und ich verging vor Peinlichkeit, mir wurde so heiß, dass ich mich fühlte wie geschmolzene Schokolade, die in die Ritzen des Sofas sickert.

Es wurde nicht besser. Ich stürzte die Tasse hinunter und floh aus dem Café, dabei vergaß ich zu bezahlen. Als es mir einfiel, wusste ich nicht, was ich tun sollte: mich verdrücken oder zurück ins Café. Ich sah, wie Paul sich anschickte zu gehen. Wer kann schon bei Panik denken? Ich nicht. In der Drehtür verfing sich meine Jackenschnur und bevor ich mich versah, lag ich in Pauls Armen. Keine Ahnung, wie ich das wieder angestellt hatte.

„Muss noch zahlen", nuschelte ich und Paul lachte. Vorsichtig ließ er mich los.

„Ich habe für dich bezahlt", sagte er.

„Warum?", fragte ich.

Er sah mich lediglich an.

Natürlich bekam ich unter seinem Blick eine Gänsehaut, und natürlich stürzte wenig später Anastasia auf uns zu und packte seinen Arm, um ihn von mir wegzuzerren.

„Alles in Ordnung mit dir?", fragte mich Paul.

„Natürlich ist mit ihr alles in Ordnung", zischte Anastasia, während ich ein „Hajahaaa" hauchte.

Wieder lachte Paul und ich hatte das Gefühl, Arme und Beine (und mein logisch denkendes Gehirn im Kopf) wären aus Pudding.

Anastasia dampfte vor Eifersucht.

Paul drehte sich zu ihr um, sah ihr tief in die Augen und triefte: „Anastasia! Liebes! Es war zu schön, dich hier zu treffen, aber leider muss ich ins Geschäft."

Sie warf Paul ein betörendes Lächeln zu und tänzelte unwillig davon. Paul drehte sich zu mir um. Wenn ich wider alle Vernunft erwartet hatte, dass er nun mich zu sich nach Hause einladen würde, oder ins Geschäft, oder sonstwohin, hatte ich mich gründlich getäuscht.

„Wenn du Lust hast, komm mich doch mal besuchen. Mein Laden liegt da vorne." Er wies auf sein Geschäft, das ich bereits in- und auswendig kannte.

„Gerne", antwortete ich und hoffte, dass es gleich sein würde, aber das war albern. Ich verabschiedete mich mit einem sehnsüchtigen „Tschüss", drehte mich um und stakselte davon, Pauls Blick im Rücken.

Drei Tage später hielt ich es nicht mehr aus. Ich schwang mich aufs Rad (Geschenk vom Doktor, wollte wohl bei Lilly Punkte machen) und fuhr in die Stadt. Ich hatte nicht vor, Paul zu besuchen, und ich wollte auf gar keinen Fall ins Geschäft gehen und schon gar nicht ihn anschmachten, als ich ihm plötzlich gegenüber stand.

Außer Atem.
Aufgeregt.
Und mit Angstschweiß überzogen.
„Hallo Zaubergirl!“, murmelte er erfreut und kam um seinen Verkaufstresen herum, um mich mit Handschlag zu begrüßen, wobei er meine Hand ziemlich lange festhielt.
Zaubergirl?
So hatte er mich noch nie genannt.
„Du redest wohl nicht besonders viel, oder?“, neckte er mich und wies auf die Küche. „Ich bin zwar nicht so gut wie Miguel, aber wenn du möchtest, lade ich dich zu einer Tasse Kakao ein.“
Ich stotterte: „Ja-nein-ja-bitte-keine-Umstände. Ich wollte nur hallo sagen. Natürlich nur, wenn du Zeit hast.“
„Zeit, um mir ein zauberhaftes Hallo anzuhören, habe ich immer“, scherzte Paul. „Aber vielleicht hast du auch Zeit zu bleiben. Heute gibt es eine Band, die ich für ihre erste CD fotografieren soll.“
„Wow! Die ganze Zeit hat es hier nie so etwas Aufregendes gegeben“, verplapperte ich mich.
Zuerst stutze er, dann erwiderte er lachend: „Da hast du auf jeden Fall Recht.“
„Wie heißt die Band?“, versuchte ich von meinem Fehler abzulenken.
„*The Four Killers*.“
Irgendwo hatte ich den Namen schon einmal gehört und verknüpfte ihn mit scheußlicher Musik. Wahrscheinlich waren die *Four Killers* eine von diesen Schülerbands, die sich einbildeten, *Tokio Hotel* wäre ihre Vorgruppe.

Und so war es auch.
Eine Schulband.
Aus meiner Schule.
Und darunter Rolf.

Seine Muckis rührten also nicht vom Krafttraining, sondern vom Schlagzeugschlagen.

Rolf glotzte mich an und sagte nichts. Typisch. Weder mein Gesicht noch meinen Name kannte er. Wäre ich das It-Girl, hätte er sich überschlagen, um ein Lächeln von mir zu erhaschen. Jetzt sah er gelangweilt aus – und eingebildet.

Von der Ecke des Studios aus beobachtete ich, wie Paul mit der Kamera hantierte, wie er die Scheinwerfer verstellte, um neue Lichteffekte auszuprobieren, wie er den Hintergrund immer wieder durch Leinwandfotos veränderte. Mal standen *The Four Killers* vor den Wolkenkratzern New Yorks, mal vor der Wüste Nevadas, meistens jedoch vor einem einfarbigen Tuch. Ich kannte das schon. So konnte Paul am Computer leichter neue Landschaften in den Hintergrund projezieren. Die Session dauerte genau dreißig Minuten, und dann war es vorbei. Paul hatte mit den Jungs gescherzt und sie zum Auftauen gebracht. Auf den letzten Fotos sahen sie ziemlich cool aus. Zum Schluss drückte Rolf Paul eine Demo-CD in die Hand.

Paul lachte. „Ich hoffe, dass ist nicht eure Art, die Fotos zu bezahlen.“

„Ey, Mann, die CD ist geil. Hat echt 'nen Schwarzmarktwert.“

„Wenn man euch kennt, Jungs“, sagte ich und Rolf guckte mich sauer an.

„Ach du schon wieder, Ricarda. Kannst einfach nicht den Mund halten.“ Dann zu Paul: „Wir bezahlen, wenn wir die Fotos abholen.“

„In Ordnung“, meinte Paul. „Und viel Erfolg!“

Mit „Klar Mann!“ und einem bösen Blick an mich verabschiedeten sich die *Killer*. Als sie außer Sicht waren, prustete ich los.

„Du kanntest sie“, stellte Paul einfach nur fest.

„Sind aus meiner Schule. Rolf, der mit der CD, ist in meiner Parallelklasse.“

Paul nickte, als ob er verstanden hatte, dass Rolf und ich nicht gerade das Dream-Team waren. Er legte die CD neben seine Anlage und fragte mich unvermittelt: „Gibt es noch eine Ricarda an deiner Schule? Groß, blond, sehr schlank.“

Erwischt!

Mir wurde heiß, dann kalt, dann schlecht.

Wie sollte ich auf seine Frage reagieren? Wollte er etwas von Vanessa? Hatte er sich doch in sie verliebt?

Verlegen suchte ich nach einer Antwort, mein Blick wanderte umher, bis er am pinkfarbenen Rucksack kleben blieb. Ich hatte ihn vor Weihnachten vergessen. Das war, als Anastasia herein gestürmt war und Paul demonstrativ geküsst hatte, natürlich nur, um mir zu demonstrieren, dass er ihr gehöre. Und dann wusste ich, warum Paul nach Ricarda/Vanessa fragte. Wegen der Geschehnisse an Silvester hatte sich Ricarda/Vanessa nicht mehr blicken lassen und ich hatte nicht die richtigen Worte für einen erklärenden Brief gefunden. Ich hatte wie Vogel Strauß einfach den Kopf in den Sand gesteckt.

„Oder eine Vanessa?", bohrte Paul weiter.

„Ich muss los", verabschiedete ich mich hastig und wünschte inbrünstig, dass Vanessa niemals dieses Geschäft entdecken würde.

Vor der Haustür saß sie.

Die, um die sich mein Denken drehte.

Auf den Stufen.

Wartend.

Mein Schatten.

Hörte das denn nie auf?

„Ich habe keine Zeit", fuhr ich Vanessa an.

„Wie ich", meinte sie nur und folgte mir auf mein Zimmer.

Dort ranzte ich sie an: „Du brauchst dich nicht zu setzen, ich werde dir sowieso nichts zu trinken anbieten."

„Ich bin nicht durstig."

„Eben", sagte ich und erwartete, dass sie ging.

Sie legte mehrere Ausdrucke auf die Bettdecke. „Das habe ich gefunden."

Ich zuckte die Achseln und versuchte, nicht auf das Papier zu schauen.

„In *meinem* Computer."

Ich presste die Lippen zusammen. Die Mails! Ich hatte sie nicht gelöscht. Aber wie konnte sie mein Passwort wissen?

„Das Passwort zu knacken war ein wenig schwierig", sagte sie, als ob sie meine Gedanken lesen könnte.

„Interessiert mich das?“, fragte ich genervt.
„Ich denke schon.“
„Ach“, sagte ich nur und setzte mich an den Schreibtisch. Ich war neugierig und wollte wissen, was Vanessa herausgefunden hatte, tat aber so, als ob ich ziemlich gelangweilt wäre.
„Ich habe Timmi gefragt, ob ich in letzter Zeit anders war.“
Meine Verunsicherung muss Vanessa aufgefallen sein, denn sie lächelte siegessicher. „Beunruhigt? Nun, ich bin ja nicht blöd. Ich habe mal hier, mal da eine Bemerkung fallen gelassen, die Timmi ahnungslos kommentierte, zumal ich ihm als liebende Schwester ja einmal aus der Patsche geholfen hatte, nicht wahr?“
Sie ließ mir Zeit für eine angemessene Reaktion, aber da ich nicht reagierte, nahm sie den Gesprächsfaden wieder auf und setzte fort: „So fand ich unter anderem heraus, dass ich in einen Paul verliebt bin.“
„Wirklich?“, tat ich supergelangweilt.
„Und Paul war dann auch das Passwort für einen Zugang zu einem elektronischen Postfach, in dem sich Mails von Nicki und Sebastian und Swantje befanden. Alles Freunde von *mir*. Da ich keinen Paul kenne, muss jemand anders meinen Computer benutzt haben. Also habe ich Fragen gestellt. Nicki konnte sich an einen Taxifahrer namens Paul erinnern, Swantje an irgendein Geschäft, Sebastian wusste es ganz genau und die Bestätigung kam wenig später in Form einer SMS! Von Paul! - Ist das nicht entzückend?!“
Entzückend?
Hatte sie sie nicht mehr alle?!

Das war eher katastrophal!

Vanessa schnaufte aufgebracht. „Oh ja, ich bin in einen Paul verliebt. *Und* ich kann Judo. *Und* ich bin miserabel in der Schule. *Und* meine Mutter ist eine *Alkoholikerin.*“ Sie tippte sich gegen die Schläfe. „Und plötzlich machte es bei mir oben klick.“

Das *miserabel* in der Schule war grenzenlos übertrieben. Das galt höchstens für Mathe. Letztendlich hatte ich sie doch erst aus ihren schlechten Noten herausgeholt. Schon vergessen?! Und dass Christine Alkoholikerin wäre, hatte ich nie behauptet. Ich hatte Lilly gemeint.

„Wer außer dir könnte schon so gemein sein, solche Unwahrheiten über meine Familie zu verbreiten?!“, setzte sie ihren Wortschwall fort.

„Quatsch!“, wehrte ich überrumpelt ab. „Warum sollte ich so etwas tun?“

„Weil du mich hasst.“

„Du interessierst mich überhaupt nicht.“

Vanessa zeigte auf die Zettel. „Und die Mails?“

„Welche Mails?“

„In den Mails wetterst du die ganze Zeit gegen Drogen. Dann hast du da eine Ansammlung von Artikeln über Drogen zusammengestellt und ich kann mich noch an dein Drogenreferat erinnern.“

Ich zuckte wieder die Achseln. „Steht jeweils dein Name darunter, nicht meiner.“

„Genau. Es steht *mein* Name unter den Mails, die *du* geschrieben hast. Hör mal! Monate meines Lebens sind wie ausgelöscht und doch habe ich als Vanessa existiert. Du dagegen warst genau diese Monate von der Bildfläche verschwunden. Und dann auch noch diese Mathestunde! – Muss ich noch mehr erklären?"

„Was willst du überhaupt erklären?" Ich erhob mich vom Stuhl. „Was ich höre ist ein einziges Gestammel, von, dass ich schlecht in Mathe bin und du nicht. Weißt du, Vanessa, das ist nichts Neues. Ich war noch nie gute in Mathe. Ich bringe dich jetzt zur Tür."

„Du hast mir nicht zugehört. Du warst ich in der Zeit, als ich krank war."

Ich lächelte überheblich. „Ja, *krank* ist gut. Krank ist sogar sehr gut. Krank hört sich so *harmlos* an, nicht wahr?"

Sie überhörte meine Provokation. „Du bist vor Eifersucht geplatzt. Du wolltest so sein wie ich. Beliebt, eine Menge Freunde, raus aus deinem langweiligen Leben und so weiter und so weiter, und deswegen hast du dich für mich ausgegeben. – Wie sie aber alle nur auf dich hereinfallen konnten, ist mir schleierhaft."

„Tolle Erklärung." Ich ging zur Tür. „Wenn dies dein Zimnmer wäre, würde jetzt ich gehen, aber da dies *mein* Zimmer ist, wirst du gehen. Okay?"

„Ich werde nicht gehen, bevor ich nicht eine Erklärung von dir bekomme."

„Und ich werde dir keine Erklärung geben. Aus die Maus", sagte ich und riss die Tür auf.

„Vanessa, mein liebes Kind", schrillte meine Mutter lauthals. Sie, die gerade nach Hause gekommen war, stand mit offenen Armen vor meiner Zimmertür und umarmte Vanessa überschwänglich, als ob es sich um eine verlorene Tochter handeln würde.

„Frau Wedekind, wie schön Sie zu sehen!", reagierte Vanessa verblüfft, aber Herrin der Lage.

„Willst du zum Essen bleiben, Vanessa?", fragte Lilly.

Vanessa lehnte ab. An der Haustür zischte sie mir noch ein „Darüber reden wir noch" zu.

Die Ähnlichkeit mit ihrem Vater war frappierend.

Über zwei Wochen und vier Treffen mit Paul später. Es war ein Sonntag. Paul und Anastasia verbrachten ein Wochenende auf irgendeiner Insel. Das versprach Sonne, Strand und Seegras und vor allen Dingen viel Zeit, die sie miteinander verbringen würden. (Und in der Anastasia ihre Netze auswerfen konnte.)

Nachdem der Rucksack zurück in meinem Besitz war (ich hatte ihn unauffällig mitgehen lassen), hatte ich auch wieder Zugang zum Studio. Ich hatte „vergessen", Paul den Zweitschlüssel zurückzugeben. Und jetzt stand ich hier und hatte die Vorstellung, mir zum Abschied noch einmal alles anzuschauen und zur Erinnerung an die schöne Zeit mit ihm (die wohl eigentlich mehr in meiner Fantasie stattgefunden hatte) ein Porträt von mir zu erstellen.

Eigens für diesen Zweck hatte ich mir die schönsten Sachen angezogen und fühlte mich wohl. Ich sah gar nicht übel aus, dachte ich, als ich mein Spiegelbild betrachtete. Das Döner-Fett war weg, die Haut glatt, mein kastanienbraunes Haar glänzte.

Ich arrangierte die Scheinwerfer. Hingegossen wie eine Diva wollte ich mich auf dem Sofa fotografieren, das Paul gerne für die etwas lockeren Porträts benutzte.

Man sah auf dem Sofa weniger steif aus als auf einem Stuhl mit hoher Lehne. Und genau so wollte ich mich auf den Fotos sehen – locker und cool. Ich stellte meine Lieblingsmusik an und machte mich an die Vorbereitungen.

Nach einer Stunde hatte ich alles soweit hergerichtet und war in der richtigen Stimmung, dass ich mit den ersten Fotos begann. Ich positionierte mich mal sitzend, mal liegend, schaute ernst, dann übertrieben romantisch mit zum Kuss gespitzten Lippen, wie ich es in verschiedenen Model-Shows gesehen hatte, spielte den Vamp und war wie in einer anderen Welt, so vertieft, dass mich erst ein heftiges Räuspern in die Wirklichkeit zurückkatapultierte. Ich fuhr herum und bekam den Schreck meines Lebens. Paul lehnte an der Wand und beobachtete mich.

Wie von Ameisen gebissen sprang ich auf und stammelte eine Erklärung: „Ich äh … habe dich nicht kommen hören."

Ich wartete darauf, dass er wütend wurde, aber er zog nur einen Stuhl heran, drehte die Lehne nach vorne, setzte sich rittlings drauf, stützte die Arme auf und sah mich schweigend an.

„Es tut mir leid", entschuldigte ich mich.

Er blieb stumm.

„Sag was!", bat ich.

„Du kennst dich ziemlich gut mit meinen Kameras aus", meinte er schließlich.

Das war nicht das, was ich hören wollte.

„Ist eine Hasselblatt. Die ist nicht so einfach zu bedienen. Du kannst es aber."

Ich atmete schwer und suchte nach den richtigen Worten, die mir nicht einfielen.

„Wie lange kennen wir uns?“, wollte er plötzlich wissen und verwirrte mich mit dieser Frage.

„Nicht lange?“, hielt ich meine Antwort vage.

Er stand auf und kam auf mich zu.

„Ich dachte, du bist auf einer Insel.“

„Nein.“

„Mit Anastasia.“

„Nein.“

„Paul! Ehrlich! Es tut mir wirklich leid. Das war unerhört, dass ich hier eingedrungen bin.“ Ich konnte wohl schlecht behaupten, dass ich eingebrochen war, wenn ich doch über einen Schlüssel verfügte.

Er grinste breit. Meine Verlegenheit schien ihn köstlich zu amüsieren. „Soll ich dich zu Miguel auf eine heiße Tasse Schokolade einladen?“

„Das liegt daran, dass ich einen Schlüssel habe“, entgegnete ich zusammenhanglos.

„Einen Schlüssel?“ Seine rechte Augenbraue zuckte fragend.

„Und äh, nein, keine Schokolade“, flüsterte ich.

„Du hast einen Schlüssel?“

Ich starrte ihn an und überließ es ihm, sich eine Erklärung zurechtzulegen. Mir fiel nichts ein.

„Ricarda?“

Ich kniff die Lippen zusammen. Mann! Das mit dem Schlüssel war doch nun wirklich nicht wichtig, oder? Ich hatte ja nichts kaputt gemacht.

„Über den Schlüssel können wir uns später unterhalten, nicht wahr?“, meinte er.

Ich nickte.

Er sah mich an und sah mich an.

„Paul“, ächzte ich nur.

Er trat noch einen Schritt näher, ohne mich zu berühren. „Ich war auf keiner Insel. Ich war zu Hause, bis ich es nicht mehr ausgehalten habe. Und ich bin hierhergekommen, weil ich arbeiten wollte.“

„Oh, das tut mir leid“, wiederholte ich mich und wendete mich ab, um zu gehen.

Er griff nach meinem Arm. „Um mich abzulenken. Weil ich immer an dich denken muss.“

„An mich?“, echote ich.

„Ja, und das schon sehr lange.“

„Wir kennen uns doch noch gar nicht lange“, entgegnete ich äußerlich ruhig, innerlich aber ziemlich nervös.

„Seit zwei Jahren“, erklärte er.

Ich krauste fragend die Stirn. Wie denn das?

„Wir haben uns mehrmals im Hausflur getroffen.“

Nö, keine Ahnung. Ich hatte kein Bild vor Augen.

Er grinste. „Nun, ich sehe schon, ich habe keinen bleibenden Eindruck bei dir hinterlassen, aber du bei mir.“

Ich schüttelte erneut den Kopf, als ich in meinen Erinnerungen wühlte, und dann fiel es mir ein. Er meinte doch nicht etwa den Yeti, dem ich vor zwei Jahren begegnet bin.

Paul lachte auf. „Ja, der mit dem Sauerkrautbart und den langen Rastalocken …“

„Warst du?“, kiekste ich.

Er zog eine Grimasse.

„Da bin ich aber froh, dass du dir ein anderes Facelifting zugelegt hast“, stotterte ich und war überrascht, wie nah er auf einmal vor mir stand.

Ich konnte meinen Blick nicht von seinen Augen wenden. Meine Hand lag nun in seiner, und die fühlte sich an, als ob sie glühende Kohle wäre. Mein Herz raste, gefährlich nahe einer Panikattacke.

„Wenn du mich noch länger reden lässt, quatsche ich dir die Ohren ab.“

„Du brauchst ja nicht zu reden“, stammelte ich. Mein Mund staubtrocken, meine Stimme nur noch ein heiseres Flüstern.

„Zaubergirl.“

Ich sah ihn erwartungsvoll an. Und dann endlich! Er küsste mich und mir wurde so herrlich anders.

Am nächsten Tag schwebte ich auf Wolke Sieben zur Schule, bis ich Vanessa traf. Und die kochte vor Wut. Ich beachtete sie nicht weiter.

„Wenn du mir nicht alles über die letzten Monate erzählst, werde ich behaupten, du stiehlst“, keifte Vanessa mich zwischen Sekretariat und Computerraum an. „Steckt deine Mutter in dem Scheiß mit drin? Und wenn, warum.“

Ich schrak zurück. „Mach jetzt aber mal langsam! Das würdest du nicht tun.“

„Was? Zu behaupten, du stiehlst? Klar kann ich das. Ich kann alles. Hauptsache, ich erfahre, was du für ein Spielchen spielst.“

Mir blieb die Spucke weg. Ich hätte es mir denken können, dass Vanessa nicht einfach Ruhe gibt und sich mit den Dingen abfindet.

„Hört alle mal her!“, kreischte sie plötzlich durch den Schulflur.

„Sei still!“, zischte ich.

Sie grinste und wartete ab.

„Ich habe nicht gestohlen.“

„Sondern?“

„Nichts sondern, ich war in einer ausweglosen Lage und da ...“

„Konntest du nicht anders. Verstehe!“, beendete sie meinen Satz.

Als ich nicht darauf reagierte, riss sie den Mund wieder auf und hätte bestimmt das ganze Stadtviertel zusammengebrüllt, wenn ich nicht eingelenkt hätte.

„Heute Abend bei mir“, sagte ich und verschwand genervt im Computerraum.

Ich war furchtbar nervös, als es gegen Abend ging, Lilly sich verabschiedete und ich die Minuten, bis zu Vanessas Kommen, alleine verbrachte. Die Nervosität steigerte sich noch, als es zehn Minuten früher als vereinbart an der Tür klingelte.

Ich öffnete und erstarrte.

„Ich musste dich sehen.“ Paul war jetzt der letzte Mensch, den *ich* sehen wollte.

„Hattest du nicht gesagt, du wärst ...“

„Freust du dich?", fragte er.
„Und wie!", seufzte ich.
„Ich habe alle Termine verschoben."
„Wie schön!"
„Nicht wahr", strahlte er mich an.
„Paul, ich muss dir sagen …", waren die einzigen Worte, die ich noch herausbringen konnte, bevor er mir die Lippen mit einem leidenschaftlichen Kuss verschloss.

Ich sah auf meine Armbanduhr, dass es nur noch drei Minuten sein würden, bis Vanessa da wäre, und wurde panisch. Vanessa war niemals zu spät, und heute würde sie sicherlich überpünktlich erscheinen. Ich riss mich von Paul los.
„Du musst gehen."
„Wie?"
„Lilly kommt gleich zurück und, und ... sie weiß noch nichts von uns. Und ich möchte sie erst einmal darauf vorbereiten. Ich meine auf uns. Ich meine, dass ich jetzt einen Freund habe."
„Wir können das zusammen tun", sagte er und steckte lässig seine Hände in die Hosentaschen.

Ich schob ihn aus der Wohnung und lächelte steif. „Du kennst meine Mutter nicht. Sie ist unheimlich, ja, äh unheimlich streng. Du weißt schon, keine durchzechten Nächte, spätestens um zehn ins Bett, keine Liebe vor der Ehe, du weißt schon."
„Keine Liebe vor der Ehe? Ist das ein verquaster Heiratsantrag? Gehörst du etwa zu diesen Freaks, die auf *ich-bleibe-bis-in-alle-Ewigkeiten-Jungfrau-wenn-ich-nicht-heirate* machen?" Er suchte meine Hand ab.

„Was suchst du?“

„Den Ring, den diese Mädchen tragen.“

„Nein, ich habe keinen. Und ich habe nichts gegen Liebe, aber später, und jetzt musst du gehen!“ Mit echter Willenskraft schob ich Paul Richtung Treppe (mir wäre ja auch viel lieber gewesen, *er* wäre bei mir statt Vanessa), als ich sie auch schon kommen hörte.

Ich ließ von ihm ab, stürzte mich ein paar Stufen tiefer auf Vanessa und erdrückte sie in einer engen Umarmung. Dabei riss ich ihr die Kapuze ihres Mantels über den Kopf und begrüßte sie mit „Hey Mammnn!“, verschluckte mich fast am Mama/Mann, schrie daraufhin noch ein herziges: „Komm schnell, du holst dir den Tod bei dieser Kälte“, bugsierte sie in die Wohnung und knallte die Tür zu.

„Wir sehen uns später“, schrie ich Paul zu und hoffte, dass er nicht klingelte, um herauszufinden, was los war.

Es bieb still, bis ich seine Schritte auf der Treppe und wenig später die Haustür zuschlagen hörte.

„Was sollte das denn?“, blaffte Vanessa und riss sich die Kapuze vom Kopf.

„Mann sehen deine Haare fertig aus! Wollte nicht, dass der Typ dich so sieht.“

„Der da auf dem Flur?! Und wer war das, dass es so wichtig ist, dass er meine Haare nicht sehen soll?“

„Niemand, den du kennst.“ Aber der dich kennt, vielmehr dein Äußeres, dachte ich.

„Schicker Typ!“, grinste sie frech. „Hast du Angst, dass ich ihm besser gefalle als du?“

„Er sollte dich nicht sehen“, sagte ich unbestimmt.

„Wegen meiner Haare!“, erwiderte sie ironisch.
„Genau!“
Vanessa zog die Augenbrauen in die Höhe. „Das war Paul, nicht wahr?“
Ich schwieg und das war ihr Antwort genug.
„Ich verstehe.“ Sie griff sich ins Haar und zwirbelte eine ihrer blonden Strähnen.
„Du verstehst gar nichts“, reagierte ich frostig. „Komm rein, wir müssen das nicht hier besprechen. Willst du Tee? Falls du Bier möchstest, bist du bei mir falsch, wir haben kein Bier im Haus. Und damit du es weißt, auch sonst keinen Alkohol.“
„Schon okay! Ziemlich eng hier. Verstehe, dass du nach etwas Größerem Ausschau gehalten hast und da kam dir die Villa meiner Eltern gerade recht“, gab sie spitz zurück.
„Nein, habe ich nicht“, versuchte ich gegenzuhalten.
„Natürlich nicht“, sagte Vanessa, während sie naserümpfend die Wohnungseinrichtung studierte.
Ich füllte den Wasserkocher und stellte ihn an. Zehn Minuten später saßen wir in meinem Zimmer vor gefüllten Teetassen, die keine von uns anrührte.
„Du wirst es nicht verstehen …“, begann ich und wurde auch gleich von Vanessa unterbrochen.
„Nein, tue ich auch nicht.“
„Lass mich doch erst einmal ausreden.“
„Ich bin so wütend auf dich“, zischte Vanessa. „Du kannst dir nicht vorstellen, wie wütend, du hast mein Leben ruiniert.“
„Was?“, schrie ich auf. „Das hast du ganz ohne mein Zutun geschafft. Wie kann man sich nur wie eine

Mastgans mit Drogen voll stopfen und dann auch noch allen anderen die Schuld geben!? Das schaffst aber auch nur du."

Mit unbewegter Miene betrachtete Vanessa die Fotos an der Wand und enthielt sich jeder Antwort.

„Vor fünf Monaten hatte ich auf dem Weg zur Schule einen Unfall", sagte ich nun versöhnlicher.

Ihr Blick glitt zu mir zurück. Ich sah, dass sie sich anfing zu interessieren.

„Ich bin über das Brückengeländer ins Wasser gestürzt. Wenn mich nicht jemand rausgefischt hätte, wäre ich ertrunken. Ich war bewusstlos und als ich aufwachte, war ich plötzlich du."

Vanessas Augen weiteten sich in totalem Unglauben. Dann lachte sie los.

Ein ungekünsteltes, wildes Lachen. Danach tippte sie sich gegen die Stirn. „Gott, bist du dämlich! Ich hätte noch verstanden, wenn du gesagt hättest, du wolltest mal so leben wie ich und hast dich deswegen als Vanessa ausgegeben, aber das ist jetzt wirklich der reinste Schwachsinn." Sie lachte wieder los, aber dieses Mal gemein und sarkastisch. „Sogar für dich, die du dich doch immer als Obervernünftige aufspielst." Sie stieß ihren Finger gegen meinen Oberarm und sagte: „Ich denke, du hast mich imitiert."

„Wie soll denn das gegangen sein?"

Sie zuckte die Achseln. „Ganz einfach. Du hast dir die Haare gefärbt, meine Klamotten angezogen, mich in Gestik und Mimik nachgeahmt."

„Meine Haare sind länger als deine, und ich bin dicker als du. Und was ist mit der Stimme?"

„Tja, ich weiß auch nicht, wie du das angestellt hast, aber es scheint ja funktioniert zu haben."

„So war es nicht."

Vanessa sah mich lange an.

„Ich war in deinem Körper und du in meinem."

„Das wüsste ich aber."

„Kannst du ja nicht, denn *mein* Körper lag im Koma."

Ich sah, wie es in ihrem Kopf arbeitete. Ihr Gesicht blieb regungslos. Es dauerte eine geraume Weile, bis sie meine Worte verdaut hatte. „Unsinn!"

Ich trank von meinem inzwischen kalten Tee und dachte an Paul. Ich würde ihm niemals erzählen, was in den letzten Monaten passiert war, ich würde es in das Reich der Träume verbannen, sobald die Sache hier mit Vanessa ausgestanden war. Ausgestanden, erledigt und nie wieder hervorgeholt, abhängig davon, was sie jetzt sagte oder tat.

Sie stand auf, blieb unentschlossen stehen. Sollte sie gehen? Bleiben? Sie setzte sich wieder.

„Erzähl!", forderte sie mich auf.

„Was willst du hören?"

„Alles!"

„Hattest du nicht gerade eben gesagt, du hältst meine Erklärung für Schwachsinn?"

„Ich muss mehr wissen, um das beurteilen zu können", antwortete sie.

Nun, sie wollte es so, also ließ ich nichts aus. Ich erzählte ihr von meiner Absicht, sie wie eine Weihnachtsgans auszunehmen, ihr Geld mit vollen Händen auszugeben (was nicht möglich war, da mir der Zugang zur Schatzkammer, sprich Bankkonto, verwehrt worden war), dass ich es schön fand, Nicki als Freundin zu haben und dass es mir nach einer Weile richtig gut in ihrer Familie gefallen hätte, vor allen in ihrer *reichen* Familie. (Vielleicht hätte ich das mit dem reich nicht sagen sollen. Es warf ein unvorteilhaftes Licht auf mich.)

Nachdem ich in meinem eigenen Bericht ziemlich schlecht weggekommen war, fand ich, dass es an der Zeit war, mal über Vanesschen-Prinzesschen zu reden. Und das tat ich mit überströmender Freude. Sie kam dabei noch schlechter weg als ich.

Sie verzog keine Miene. Und nachdem ich ihr alles bis ins kleinste Detail (auch das mit dem Tagebuch und mit Paul) berichtet hatte, schwiegen wir eine lange Weile. Da sie mit geschlossenen Augen halb saß, halb lag, dachte ich, sie wäre in der Zwischenzeit eingeschlafen. Aber nein, sie ließ sich anscheinend alles durch den Kopf gehen.

Und endlich sagte sie: „Verstehe! Das erklärt auch, warum die anderen dich nicht erkannt haben."

„Weil ich du war", soufflierte ich.

„Weil du in meinem Körper warst."

„Genau.

„Und ich in deinem, der im Koma lag."

„Genau."

„Handlungsunfähig."

Das dritte *genau* schenkte ich mir.

„Und was hast du mit der Trennung meiner Eltern zu schaffen?"

„Dafür bist du allein zuständig", antwortete ich.

Vanessa riss die Augen auf und ich dachte schon, sie wollte mir ins Gesicht springen. Aber nein, mit einem vernehmbaren Seufzen stand sie auf und verließ die Wohnung.

Die Tage vergingen und ich fand, dass Vanessa es ganz gut nahm.
Besonders feinfühlig war ich nicht gewesen, als ich mich in meine Drogenantipathie hinein-gesteigert und ihr Verantwortungslosigkeit und noch vieles mehr an den Kopf geworfen hatte. Nun ja, so ganz ohne Fett kam aber auch ich nicht weg. Vanessa hatte sich nur ein paar Tage Zeit gelassen, mir vorzuhalten, dass ich bis zum Rollentausch eine miesepetrige Landpomeranze gewesen wäre. Die Bezeichnung *Stacheldraht* wäre ja noch zu nett für mich, so wie ich immer meckern würde.

„Du hättst ohne mich nie abgenommen und wärst fett und grantig wie eine Seekuh geworden", blaffte sie in unverblümter Offenheit.

„Und du magersüchtiges Handtuch hast durch mich erst gemerkt, dass es auch so etwas wie Muskeln gibt", zwitscherte ich zurckersüß.

„Hach, wer austeilt, muss einstecken können", gab sie hochtrabend zurück.

„Du bist auch kein Vorbild. *Ein Leben im Vollrausch.* Was soll denn daran gut sein? Ich habe doch erst Ordnung in dein Leben gebracht", war meine Antwort.

„Und ich habe Spaß und damit mehr vom Leben", entgegnete sie.

„Bis zum Drogen-Exitus! Na danke!", konterte ich.

So ging es weiter hin und her. Es war klar, dass wir niemals Freundinnen werden würden. Ich war ein Stachel in ihrem Fleisch und sie leider auch in meinem. Denn eines musste ich ihr lassen: so ganz Unrecht hatte sie nicht mit dem, was sie mir vorwarf.

Aber da war noch Paul. Und er war süß! Ich war soooo verliebt. Das erste Mal in meinem Leben. Und das würde ich ganz bestimmt nicht versauen!

Anhang:

Für Dich:
Ich kann mich noch gut daran erinnern, wie ich einmal von ein paar Freunden eingeladen worden war, den Urlaub mit ihnen zu verbringen. Ich war damals 18 und es sollte nach Frankreich gehen. Wow! Frankreich! Das versprach Sonne, Strand und viel Spaß!
Ich hatte mich getäuscht. Die Jungs hingen in der Kneipe herum, ließen sich voll laufen und später zur Unterkunft kutschieren. Das Denken hatten sie eingestellt, die meiste Zeit lallten sie und man konnte nichts mit ihnen anfangen. All das, was ich vom Urlaub erträumt hatte, blieb im Reich der Träume. Es waren langweilige Ferien, die langweiligsten, die ich jemals gemacht habe.

Meine Meinung: es geht auch ohne Alkohol! Und dabei hat man viel mehr Spaß. Man lernt Land und Leute kennen und nicht nur die Inneneinrichtung einer Kneipe.
Aber bildet euch eure eigene Meinung!

Eure Astrid Seehaus

Astrid Seehaus

1, 2, 3 - fertig ist die Liebeshexerei

Natürlich glaubt Sandy nicht an Hexerei. Schon gar nicht, wenn es um den umjubelten Sänger Falco geht, in den sie total verknallt ist. Das ändert sich auch nicht, als ihr ein Hexenbüchlein mit merkwürdigen Rezepten in die Hände fällt.
Sandy hält die Liebeshexerei für Quatsch, aber ihre beste Freundin Tina sieht darin ein Zeichen. Falco muss verhext werden, denn nur so würde Sandy endlich ihre große Liebe finden.
Sandy lässt sich auf dieses Spielchen ein. Doch wird es wie erhofft? Und was tut man, wenn man sich in einen anderen Jungen verliebt ?
Guter Rat ist teuer.

Astrid Seehaus

Der Spiegel

Jana fühlt sich zu dick. Als die exzentrische Chloe neu in die Klasse kommt, hat Jana das Gefühl, dass sich alles ändert. Mit eiserner Disziplin beginnt sie eine Diät, wird in Chloes Clique aufgenommen und verliebt sich. Alles ist so, wie sie es sich erträumt, und doch nicht ganz. Denn da ist noch Sandrine. Bald kann Jana Sein und Schein, Wirklichkeit und Kunstwelt nicht mehr voneinander unterscheiden. Wer genau ist Sandrine? Und was ist mit Chloe? Tommi hasst Chloe, obwohl er doch mal in sie verliebt war. Und was empfindet Tommi für Jana? Jana weiß bald nicht mehr, was sie glauben soll und was nicht. Spannend bis zum Schluss!

Astrid Seehaus

E-Mail von Mr. Right

Die Zwillinge Pauline, genannt Line, und Laura geben die Schülerzeitung *kids and news* heraus. Sie haben all das, worum die anderen sie beneiden: sie sind beliebt, gut in der Schule und beste Freundinnen.
Das ändert sich schlagartig, als eine geheimnisvolle Liebes-E-Mail in ihrem Postfach liegt. Von einem unbekannten Mr Right. Wer hat die Mail geschrieben? Etwa Volker, der coole Rapper? Oder Dominik, für den alle Mädchen schwärmen?
Leider geht die Mail dann auch noch verloren und in der Klasse bricht das Chaos aus.
Turbulent und witzig!

Astrid Seehaus

Der Spielmann

Darf man sich im Mittelalter in einen Spielmann verlieben, wenn man eine reiche Kaufmannstochter ist?
Ist die Liebe in unserer Zeit unkomplizierter?
Nach welchen Regeln darf man lieben?
Gibt es überhaupt Regeln oder ist alles erlaubt?
Das und noch viel mehr versucht Michaela herauszufinden.
Und für die behütete Kaufmannstochter Johanna ist der Spielmann ihr Schicksal.
Witzig!
Spannend!
Taschentücher bereit halten!

Astrid
Seehaus

Meine Freundin die Hexe
Das Zauberbuch

Hexe Alexa wird durch einen Streit zwischen Zauberern in unsere Zeit katapultiert. Sie will unbedingt wieder nach Hause ins Mittelalter. Aber wie, wenn alle ihre Kunstfertigkeiten durcheinandergeraten sind? Wären da nicht Gisela und eine verrückte Idee. Doch Alexa bringt alles durcheinander und statt sich selbst zurück ins Mittelalter zu hexen, zaubert sie die hochnäsige Cynthia von Ebersau vom Volleyballfeld stracksweg in einen mittelalterlichen Schweinekoben. Dort soll Cynthia als Trine ausharren bis Rettung naht. Doch sie nimmt Reißaus und muss sich von nun an vor gefährlichen Hexenmeistern, wilden Raubrittern und garstigen Rumpelhexen verstecken.

Astrid
Seehaus

Meine Freundin die Hexe
Der Krieg der Feen

Gisela ist äußerst beunruhigt, als ein Kobold plötzlich in ihrer Küche auftaucht und eine Nachricht von Alexa überbringt.
Alexa braucht Hilfe, schlimmer noch, sie weiß nicht um die Gefahr, in der sie schwebt.
Giselas Plan ist, ins Mittelalter zu reisen.
Aber wie?
Gibt es überhaupt einen Weg ins Mittelater? Weiß Gisela den Zauberspruch? Und wenn ja, kann sie ihn anwenden? Und ist es überhaupt ratsam, alleine zu reisen?
Im Mittelalter herrscht Krieg zwischen den Feen, und Meister Schrawak hat seine Finger im Spiel.

Astrid
Seehaus

Meine Freundin die Hexe
Der magische Trank

Es toben die Gefühle in der Zeit der gepuderten Perücken, der zeltgroßen Kleider und der geschnörkelten Sätze. Jeder schmiert dem anderen Honig um den Bart, verdreht die Wahrheit, verfolgt ein Ziel und lügt ... und lügt ...
Es ist die Zeit des Barock: die Zeit der Märchenprinzen und schönen Prinzessinnen. Aber wer ist wer? Und wem kann man trauen?
Der Herzog soll beseitigt werden und Gisela muss ihn warnen, aber da gibt es eine Doppelgängerin. Und dann verschwindet auch noch Clemens.
Überall lauern Fallen. Vorsicht, Gisela!

In Vorbereitung:

Hör meinen Schrei

Seitdem der Vater ausgezogen ist, zieht sich Damian in sich zurück. Nur seine Freunde lässt er noch an sich heran. Als diese Ärger mit der Polizei bekommen, entschließt sich Damians überforderte Mutter spontan, ihn nach Australien zu ihrer Cousine zu schicken. Dort kann er für ein paar Monate mit deren Sohn Jay zur Schule gehen.

Die Cousine ist nicht begeistert, da sie aufgrund ihres Jobs kreuz und quer durch Australien reisen muss. Als Damian auch noch jedes Gespräch verweigert und sie anschweigt, will sie ihn zurück nach Deutschland schicken.

Wider Erwarten mag Jay seinen deutschen Cousin. Damian bleibt und lernt Jays Freundin Claire, eine Aborigine, kennen. Als sich Damian um Claire bemüht, kommt es zu Spannungen zwischen den dreien, denn Damian weiß nichts von Claires Vergangenheit, von der sie eingeholt wird.

In Vorbereitung:

Thema: Cyber Mobbing

Tag für Tag wird M. in der Schule von hämischen Blicken verfolgt. Bei jedem Schritt hört sie hinter sich Getuschel. Egal, was sie tut, die anderen finden immer einen Grund, über sie zu lästern.
Und dann ist M. tot.
Ein Verkehrsunfall, heißt es.
Aber M.s Zwillingsschwester K. glaubt nicht daran. Sie ist überzeugt, dass M. durch die Schikanen ihrer Mitschüler in den Selbstmord getrieben wurde.
K. fühlt sich ohne ihre geliebte Schwester furchtbar einsam und tief traurig. Und dann entwickelt sich noch ein anderes Gefühl in ihr: eine brennende Wut.
Als sie durch Zufall das Facebook-Passwort ihrer Schwester entdeckt, fasst sie einen folgenschweren Entschluss.